過保護な警視の
溺愛ターゲット

Hatsumi & Soichiro

桧垣森輪

Moriwa Higaki

JN045102

EB
エタニティ文庫

目次

過保護な警視の溺愛ターゲット

プロローグ

あれは、私――睦永初海《むつながはつみ》がまだ六歳の、ピカピカの一年生のときだった。

「お嬢ちゃん、可愛いねぇ」

大きなランドセルを背負い、ひとりで下校していた私は背後から声を掛けられた。

振り返った先にいたのは、見ず知らずのおじさんだ。

最初に断っておくが、私は決して美少女ではない。容姿ならば、お隣に住んでいる成瀬三佳《なるせみか》ちゃんのほうがよっぽど華やかで女の子らしい。私は普通の、地味で目立たない女の子だ。

この日も三佳ちゃんと一緒だったら、私が声を掛けられることはなかったと思う。いつもは三佳ちゃんと、その双子の兄である亮《りょう》ちゃんの三人で登下校しているのだけれど、たまたまタイミングが合わずにひとりで下校していた。

そんな私に可愛いと言ったおじさんは、全身黒ずくめにマスク姿という、いかにも怪しい格好をしている。顔は見えなくとも口角は上がっている気がするし、興奮しているのか鼻息も荒い。

「ランドセルが重そうだね。おじさんが、車で家に連れていってあげるよ」

目を細めたおじさんは恐らく笑いながら、ゆっくりと私に近づいてくる。

たしかに、教科書やノートが詰まったランドセルはちと重い。だからといってヒョイヒョイ車に乗るほど、私も馬鹿じゃない。

『イカのおすし』――いかない、のらない、おおきなこえをだす、すぐにげる、しらせる、は、学校で教えてもらった大事な「おやくそく」だ。

危険を感じた私は、おじさんを無視して家に向かって走り出す。

――だって、どう考えたって変な人だもん！

だが、小学生の足ではあっという間に追いつかれ、思いきり腕を掴《つか》まれてしまった。

「痛い目に遭いたくなかったら大人しくしてろ」

耳元で囁《ささや》かれた低い声に、幼い私は怯《ひる》んで固まってしまう。

おじさんの手を振りほどきたくとも、子供の力ではどうにもならない。ジリジリと身体が引きずられ、離れた場所に停めてあった、おじさんのものと思われる車のほうに連れていかれる。

――このままだと……

「や、やだ……」

運悪く周囲に人通りはなく、本当に恐怖したときには咄嗟《とっさ》に大声が出るものでもない。やっとの思いで絞り出した声はか細くて、とても誰かに届くほどではなかった。

だけど――

「おい、おっさん。その手を離せ」

突然聞こえた第三者の声に、涙で滲《にじ》んだ視線を向ける。

黒ずくめのおじさんと車との間に、同じく黒ずくめの誰かが立っていたのだが――

逆光で、顔が見えない……

何度か目を瞬《また》かせていると、ぼんやりとしていたシルエットが徐々にはっきりしていく。

「総《そう》ちゃん……？」

中学校の制服である学ランに身を包んだ、お隣のお兄ちゃんがそこにいた。

成瀬総一郎《そういちろう》――総ちゃんは、三佳ちゃんや亮ちゃんの八歳年上のお兄ちゃんだ。お隣さんだし、幼なじみの兄なので顔を合わせることはあるが、実はそれほど親しくない。

見栄《みば》えのいい成瀬きょうだいの中でも、長男の総ちゃんは群を抜いている。六歳の私にとって、総ちゃんは年の差以上に立派な大人だった。さらに彼は、気軽に声を掛けられるほど愛想がよくないため、せいぜい挨拶《あいさつ》する程度の仲でしかない。

それでも、この危機的状況での見知った人物の登場に、ホッとした私から力が抜ける。

「その子をどうするつもりだ？」

総ちゃんが眼光を鋭くした瞬間、おじさんの喉からヒイッと奇《き》っ怪《かい》な音が漏れた。

総ちゃんは中学生ながら、おじさんよりも背が高かった。おまけに、体つきもガッチリとしていて、おじさんを相手に喧嘩《けんか》をしても負けそうな気配がない。

あとで知ったことだが、総ちゃんは子供の頃から武道の心得があった。日々肉体を鍛《たん》錬《れん》している少年と、小学生をコソコソ連れ去ろうとする中年オヤジとでは、力の差は歴然としていたのだろう。

「くそったれ！」

自分が不利だと本能的に察したおじさんは、掴《つか》んでいた私を総ちゃん目がけて投げつけた。

「――っ！」

ブンッと周囲の景色がすごい速さで移動して、またもや声が出なかった。

スローモーションになる視界に映ったのは、大きく広げられた両手と、制服の金ボタン。

次の瞬間――全身を包み込んだあたたかさを、私は今でも覚えている。

かなりの勢いでぶつかったはずが、不思議と痛みはなかった。私を受け止めた総ちゃんの身体はうしろへ傾き、尻もちをつく。

一方のおじさんは、一目散に車まで戻ってその場から逃げようとしていた。

「待て……！」

総ちゃんは、あとを追うためにすぐさま立ち上がろうとしたのだけれど、それを制したのは他ならぬ私だった。

「総、ちゃ……」

総ちゃんが離れてしまうことに漠然とした不安を感じて、必死にしがみついた。

「こ、こわかった、よう……」

このときになってようやく、頭の中にお父さんとお母さんの顔が浮かんだ。もしも連れていかれたら、両親にも友達にも、二度と会えなかったかもしれない。

すぐそばにある総ちゃんのぬくもりだけが、自分が無事だと証明する唯一のものだった。

ぼろぼろと涙を零しながら震えていると、ふたたび力強い腕に抱き締められる。直後、私たちのすぐ脇を、急発進した車が走り去った。

「――もう、大丈夫だ」

車の音が遠くなった頃、総ちゃんの大きな手が私の頭を優しく撫でる。

ゆっくりと顔を上げると、優しい笑顔の総ちゃんが、すぐ近くから私を見下ろしていた。

悪の手から自分を救ってくれた、正義の味方——私には、そう見えた。

「怖かったね。怪我は、していない？」

おじさんに凄《すご》んでいたときと違う穏やかな声に、かあっと全身が熱くなる。

「今日は、亮次郎《りょうじろう》と三佳は一緒じゃないの？」

問いかけに、無言で首を縦に振る。さっきまでの恐怖ではなく、別の緊張から言葉が出ない。

弟たちの不在を知った総ちゃんの眉間には皺《しわ》が寄る。

「そうか……なら、念のために二人も迎えに行くか——」

「イヤッ！」

総ちゃんの言葉を食い気味に遮《さえぎ》った。

「大丈夫だよ、先に家まで送るから」

「イヤだ！　総ちゃんと、一緒がいい！」

ぎゅうっと、総ちゃんの身体に抱きつく手に力を込める。

置いていかれるという不安もあった。でもそれ以上に、総ちゃんが弟と妹を心配しているのが、嫌だった。

私はひとりっ子で、総ちゃんのように自分を守ってくれる兄はいない。三佳ちゃんと亮ちゃんは大好きだけれど、それだけは妬《ねた》ましかったのかもしれない。

総ちゃんには、近寄りがたいという印象もある反面、惹《ひ》かれていた。

三佳ちゃんの家に遊びに行ったとき、総ちゃんがいるといつも緊張する。たった一言挨拶《あいさつ》するだけなのに胸がドキドキして、素っ気なくとも返事をしてくれるとホッとした。

私には無愛想な総ちゃんだけど、弟や妹と接するときには空気が変わる。赤の他人と家族では態度が違って当たり前なのに、自分だけが仲間外れにされている気がして嫌だった。

「あのね、亮次郎と三佳は、俺の大事な弟と妹なんだよ？」

「三佳ちゃんと亮ちゃんはいつも一緒だから、大丈夫だもん！」

わざわざ行かなくても、双子はいつもセットで行動している。だったら総ちゃんは、私のそばにいてくれてもバチは当たらないだろう。

大人になった今ならば、総ちゃんが自分の弟妹を案じる気持ちがわかる。だけど、このときの私は本当に子供だったから、そんなことを考える余裕もなかった。

三佳ちゃんや亮ちゃんのように、私も仲間に入れてほしい。

それだけじゃなくて――

「総ちゃんは正義のヒーローだよ。お願い、総ちゃん。私を守って」

恐怖体験をした直後だったからだろう。

ヒーローを、本気で、自分だけのものにしたかった。

「もちろん守ってあげるけど、あいつらのことも心配なんだよ」

それでもなお困った顔をする総ちゃんに、余計に腹が立つ。

「だったら私も、総ちゃんの妹になる！」

精一杯背伸びをして、総ちゃんの綺麗《きれい》な顔にこれでもかと近づいて、私は必死にお願いした。

「私だって、総ちゃんとずっと一緒がいい。三佳ちゃんには亮ちゃんがいるのに、私には誰もいないから、総ちゃんだけは私のそばにいてほしいの」

大きく見開かれた総ちゃんの目に自分の顔が映る。

勢いに押されたのか、総ちゃんの目線が宙を彷徨《さまよ》うのがわかった。心なしか、顔が赤くなっていたような気もする。

「別に妹にならなくても、守ってもらう方法は他にも……」

「じゃあ教えて！　私、なんでもするから！」

ぼそぼそとした呟きにも即座に反応するくらい、私は真剣だった。

そんな必死さが、通じたのかもしれない。

しばらく黙り込んでいた総ちゃんだけれど、やがて、意を決したように口を開く。

「それなら――」

続いた言葉に、私は迷いなく首を縦に振った。

それが、今日まで続く、長い長い束縛生活の始まりとも知らず——

第一話　その男、過保護につき

あれから、十五年の歳月が流れた。

——困ったことになったたな……

短大卒業後に就職をした私は現在、社会人一年目の二十一歳。仕事帰りに同僚と食事に行くのもよくあることで、今日も先輩に誘われて近くの居酒屋へとやって来た。成人しているのだから、お酒を飲むことに問題はない。困っているのはこのシチュエーションだ。

私たちの向かいには、知らない男の人が座っている。それも、横並びにずらりと七人。

「ちょっと、三佳ちゃん。これって、合コンじゃない？」

ヒソヒソと右隣に座る同僚の成瀬三佳に声を掛ける。三佳ちゃんは、家が隣同士で幼なじみの、あの三佳ちゃんだ。

長い年月を過ごしても私たちの友情は変わらない。小中高、短大と同じ学校に通い、選んだ就職先も同じ——まあ、そこには友情以外の、ちょっとした思惑もあるのだけれど。

とにかく私たちは、「姉妹」のように育った仲である。それこそ、置かれている境遇も同じ。だから、もちろん三佳ちゃんもこの状況に驚いていると思いきや、意外にも彼女に動揺している素振りはない。

「そうね。これで合コン以外だったら、逆にビックリよね」

彼女の返答を聞いて、改めて違和感に気づいた。

三佳ちゃんの服装が、今朝出社したときと変わっている。通勤時に比べて明らかにアクセサリーが多い。お化粧だって、仕事終わりなのにテカリもなくバッチリだ。

「三佳ちゃん、もしかして知ってた……？」

「当たり前よ。今日の発起人《ほっきにん》は七緒《ななお》さんなんだから」

澄ました笑顔の三佳ちゃんは、自分の右隣へと視線を移す。そこには、最近婚活に力を入れている先輩が座っている。

「七緒さんの招集なら合コンよね。まあ、初海ちゃんには意図的に隠してたけど」

「……なんで？」

「そりゃあ、今みたいに緊張するからに決まってるじゃない」

三佳ちゃんの視線が、膝の上でガチガチに固まっている私の手へと移される。

たしかに合コンは得意ではない。小中学校は共学でも高校以降は女子校育ちで、飲み会に参加するようになったのもつい最近なのだから、こういうシチュエーションに慣れていないのは当然だろう。

——だけど、緊張しているのはそんな理由ではない。

「このことは、許可、取ってる？」

私がなにに不安を感じているのか、わからない三佳ちゃんではないはずだ。

私たちが合コンに参加していることを、「あの人」が知っているかどうか──

「許可なんて取るわけないじゃない。情報が漏れないように、今日まで黙ってたのよ」

悪びれた様子もなく、三佳ちゃんはジョッキに口を付けた。

「確信犯かい！」

思わず声が大きくなったけど、掴《つか》みかからなかっただけでも褒めてもらいたい。

「ヤバイよ。この状況は、非常にヤバイよ⁉」

「——あのね、初海ちゃん」

喉を潤《うるお》した三佳ちゃんは、静かにジョッキをテーブルに戻す。

「飲み会に参加するのに、いつまでも保護者の許可が必要なんてのがおかしいの。私たちはもう、社会人なのよ？」

ふう、と一息吐いて、三佳ちゃんはその大きな目で前を見据《みす》える。

正面の男性を睨《にら》んでいるのではない。彼女が見ているのは、ここにはいない相手だ。

「今までどれだけ私たちが抑圧されてきたと思ってる？　碌《ろく》な恋愛経験もなくて、人の話ばかりを聞かされて。彼氏ができたとか、親に内緒で旅行に行ったとか、初エッチは彼の部屋とか……他人の恋バナは、いい加減うんざりなのよ！」

――あ、これはマズイ。

ジョッキを握る手が小刻みに震えている。これは、話している間に、怒りに火が点《つ》いてしまったパターンだ。

「私だって、彼氏のひとりや二人ほしいの！　あの男が不在の今こそが、私たちに与えられた最高のチャンスなのよ！」

周囲を窺《うかが》ったところ――熱弁を振るっていた三佳ちゃんは、多くの男性の注目を集めていた。

どれだけ合コンに気合いを入れているんだと、はっきり言ってドン引きだ。

だけど、ここが三佳ちゃんのすごいところでもある。

「やだ、私ったら気合い入りすぎ！　恥《は》ずかしい」

さっきまでとは打って変わった、鈴を転がすような愛らしい声と笑顔。思いきり顔を赤くして慌てる様《さま》に、周囲からは自然と笑いが起こる。

ただのぶりっ子なら反感を買うが、三佳ちゃんは見事にドジっ子を演じてみせた。

三佳ちゃんの可愛さは、相変わらず健在だ。わざわざ合コンに参加しなくとも、彼女と付き合いたい男の人は大勢いるだろう。

それなのになぜ、彼女の恋愛経験が乏《とぼ》しいかといえば、彼女の家族――とりわけ兄たちが、過保護だから。

末っ子で唯一の女の子が目立つほど可愛いのだから、心配になるのも無理はない。毎日の登下校は双子の兄の同伴が当たり前。部活もバイトも、もちろん禁止。交友関係も厳しくチェックされて、友達の家に泊まりに行くにも兄たちの許可が必要だった。

女子校に通ったのも、彼らの強いすすめがあったからだ。成長するにつれて監視の目が行き届かなくなるのを危惧《きぐ》していたに違いない。

子供の頃に総ちゃんに対して『妹になりたい』と駄々をこねたせいで、私も同等の扱いを受けてきたのだが、大人になった今では自分にそんな価値がないことも理解している。

だって、三佳ちゃんに比べれば、私はいたって普通なのだ。

取り立てて不細工ではない、と思う。少々垂れ気味でも、ぱっちりとした目は自分でも気に入っている。童顔で背も低いけど、胸の大きさだけは三佳ちゃんに勝っているから、一部のマニアには受けがいいだろう。

今も、三佳ちゃんには男性陣からお声がかかっている。これだけ可愛い子が『彼氏がほしい』と公言しているのだから、男性陣は、俄然《がぜん》やる気になるだろう。

勘違いしてほしくないが、私には三佳ちゃんにコンプレックスがあるわけじゃない。三佳ちゃんは、私の自慢の親友だ。だから、恋人がほしいと望むなら、このチャンスにその願いを叶えてほしい。

就職をして、実家を離れて、仕事帰りの飲み会にも参加できる。同僚たちとも気兼ねなく外出して——いちいち詮索《せんさく》されないこの自由を、ずっと手にしていたい！

祝・解放！　ビバ・自由！

だからこそ、無断で合コンに参加したなんて、「あの人」には絶対に知られてはならない。


——まあ、そう簡単にバレることはないと思うけど……

それでも、一抹《いちまつ》の不安が拭《ぬぐ》いきれないのはなぜだろう？


「難しい顔しているけど、なにか考え事？」

ふと気がつくと、私の前にはさっきとは違う男の人が座っていた。

垂れ目の私は普段から困った顔に見られる。考え事をしているときは特に顕著《けんちょ》で、三佳ちゃんからよく注意をされる。

「もしかして疲れてる？　そうだよねぇ、お仕事お疲れさま」

彼は置いたままの私のジョッキを持つように促《うなが》し、自分のグラスを軽くぶつけた。

「明日は休みなんだし、嫌なことはパーッと飲んで忘れないと！」

「え、ええ……そうですね」

目の前の彼はすでにアルコールが回っているようで、テンションが高すぎて正直ついていけない。

——それに、なんでわざわざ私に話しかけるんだろう？

私の横には三佳ちゃんがいるのに、と横目で確認して納得した。彼女の前にはすでに人が集まっている。

「俺、君みたいな大人しい子のほうがタイプなんだよね」

さしずめ、人気が集中している三佳ちゃんを早々に諦《あきら》めて、あぶれた私に流れてきたというところか。

三佳ちゃんとの対比で大人しそうだと言われがちな私だけど、実際はいつも無口でキョドっているわけではない。合コンよりも気になることがあるから黙っていただけで、心の中ではあれこれと突っ込んでいるわけだし、男の人と話すのが苦手なんてこともない。

「さっきから全然飲んでないけど、もしかしてビールは苦手？　だったらこっちを飲んでみなよ」

そう言って彼は、持っていたグラスを私にすすめてきた。

「カクテルなんだけど、口当たりがいいから飲みやすいよ。せっかくだから、親睦《しんぼく》を深めようよ」

居酒屋の大きめのグラスになみなみと注《つ》がれたオレンジ色の飲み物は、見た目は普通のジュースに見える。

人当たりの良さそうな彼の笑顔に、胡散臭《うさんくさ》さは感じない。それに、合コンだからといって、彼氏探しを目的にしなくてもいい。新たな交友関係を開拓するために楽しんでもいいはずだ。

「そうですね、じゃあ――」

改めて、乾杯しようとしたときだった。

「――飲むな」

低く響いた声と共に、通路と座敷を隔《へだ》てていた襖《ふすま》がスパンと開く。

聞き覚えのあるその声に、私の身体がピシリと固まった。

開いた襖《ふすま》は私の左側にあるのだが、怖くてそちらを見ることができない。わざわざ見なくとも、流れてくる冷気のようなものが顔の半分にひしひしと伝わってくる。

だから仕方なく、反対側の三佳ちゃんのほうを向いた。そこで、さっきまで楽しそうに談笑していた彼女の顔が青くなっているのを見て、確信した。

――そこには、絶対に会いたくなかった人物が、いる。

しばしの静寂《せいじゃく》のあと、三佳ちゃんの絶叫が響く。

「ぎゃあああっ！　お、おに……な、なんで⁉」

――鬼ではない、お兄ちゃんだ。

観念して振り向いた先には、大男が立っていた。

「そ、総ちゃん……」

総ちゃんとは、幼い頃に私を助けてくれた、あの総ちゃんだ。

いつの間にかデフォルト装備になった銀フレームの眼鏡の奥で、少し吊り上がった切れ長の目が私を見てさらに細められる。

紅顔《こうがん》の美少年だったのは遠い昔。以前から武道を嗜《たしな》んでいた総ちゃんは、あれからさらにその道を極め、すっかり筋骨隆々《きんこつりゅうりゅう》とした大男になっていた。

緩いくせっ毛の黒髪を撫でつけたオールバックに、屈強で筋肉質な身体に似合うよう仕立てられたオーダーメイドのイギリス製のダークスーツ。

よく通った鼻筋とふっくらとした唇は、人目を惹く美形であることに間違いない。

間違いはないのだけれど、兎《と》にも角《かく》にも愛想がない。

普段から仏頂面《ぶっちょうづら》だけど、さらにこの状況に余程お怒りな様子で、全身からブリザードを吹き荒れさせている。

「亮次郎の仕業《しわざ》ね……⁉」

三佳ちゃんの声に反応して、大男の背後から穏やかな笑みの青年がひょっこりと顔を出した。

「ごめんね。でも三佳だって合コンのことを黙ってたんだから、おあいこだよね」

テヘッと舌を出した顔は三佳ちゃんとよく似ている。成瀬家次男の亮次郎は、三佳ちゃんの双子の兄。

二卵性とはいえ、基本的に二人は顔の造りも雰囲気もよく似ている。成瀬家のきょうだいの中で長兄だけが、悪の元締めみたいな風格なのだ。

その仏頂面《ぶっちょうづら》の長男は、しばらくジッと周囲を見回していると思ったら、俊敏な動きで私のグラスを取り上げた。

「男にすすめられたものを、なんの躊躇《ちゅうちょ》もなく飲もうとするな」

「な……っ!?」

――いきなり出てきて、飲み物にまで制約をつけるの!?

「私だって、もう大人なんだからお酒くらい飲めるし！」

カクテルなんかコンビニでも売っているし、飲み会だって今日が初めてでもない。

総ちゃんは私の抗議などどこ吹く風といった具合で、グラスに鼻を近づけた途端に眉間に皺《しわ》を寄せる。

「この酒は見た目に反してアルコール度数が高い。それに、どこかの輩《やから》がさらに酒を追加していないとも限らない。そうなったら、慣れていない初海は一撃で潰《つぶ》れるぞ」

「え、そうなの⁉」

「本当だ！　彼のうしろに酒瓶があるね。ウォッカベースのカクテルに、さらにウォッカを追加したのかな？」

総ちゃんの陰から身を乗り出した亮ちゃんが、男の人たちの背後をまじまじと覗《のぞ》き込む。

「気に入った女の子に強いお酒をすすめて、酔い潰れたところをお持ち帰りする……よくある昏睡《こんすい》レイプの手だね」

にこやかな亮ちゃんから飛び出した物騒な言葉に、その場にいる男女共に顔色が変わった。

「……や、やだなぁ！　そんなこと、するわけないじゃないですか」

アハハと乾いた笑いを漏らしながら、目の前の彼が身体をずらしてなにかを隠そうとしたのを、私が見逃《みのが》すことはなかった。

だって、あからさまなんだもん。これでは、どうぞ疑ってくださいと言っているようなものだ。

「なら、この酒に入ったアルコール量はどう説明する？」

「店側のミス、じゃないですか？」

「僕の知り合いに君たちと合コンしたって女の子がいるんだけど、そのとき妙な話を聞いたんだよねぇ」

総ちゃんが厳しく追及し、亮ちゃんが追加情報を投入する。相変わらず見事な連携プレーである。

こんなふうに問い詰められれば、たいていの人間はボロを出す。

「そんなこと知るかよ！　それに、俺がやったなんて証拠もない……っていうか、あんたたちは誰だよ。いきなり乱入してきて、わけわかんないこと言い出してさ」

自分が疑われ始めたら真っ先に他人のミスだと言い逃《のが》れようとするのも、証拠云々を持ち出してくるのも、いかにも胡散臭《うさんくさ》い。

さっきまではなんともなかったのに、途端に彼が不審人物に思えてくる。

私でさえ気づくのだから、それがわからない総ちゃんではない。

「そうか。なら、君たちの持ち物を調べさせてもらおうか」

「な、なんでだよ!?　あんたになんの権利があってそんなこと言い出すんだよ」

――それが、あるんだなあ……。

一般人には与えられていないけれど、犯罪が疑われる場合に職務質問をする権利が、総ちゃんにはある。

「名乗るのが遅れた。俺は、そこの二人の保護者だ。ついでに――こういう者だ」

そう言いながら、総ちゃんが胸ポケットから取り出したのは警察手帳——

「け、警察……!?」

わかりやすく狼狽《うろた》える彼に、総ちゃんはほんの少しだけ口角を上げた。

「さあ。うちの妹たちになにをしようとしてたのか、きっちり話してもらおうか？」

やっと笑ったと思ったら、なんてドス黒い笑み……

幼い頃に私を救ったヒーローは、正真正銘の「正義の味方」になっていた。

結局彼らは所持品の確認を拒否して、逃げるようにその場から去って行った。警察手帳まで持ち出した総ちゃんだけど、被害がなかったことからあとを追うことはなく、合コンはそこでお開きとなった。

——っていうか、全員グルだったんかい！

その後、私と三佳ちゃんは、居酒屋近くのファミレスへと連行された。

優雅にコーヒーを飲む総ちゃんと、ニコニコしている亮ちゃん。私たちは俯《うつむ》いたまま、いろんな意味での反省会の真っ最中である。

「なんで……お兄《にい》が、ここにいるのよ？　地方での研修期間はまだ終わってないはずでしょう!?」

恨《うら》めしげに目の前の人物を睨《にら》み上げる三佳ちゃんは、さすがに兄妹だけあって勇気がある。

私たちが実家を脱出できた要因は、総ちゃんが先に実家を離れたからだ。

なんでもできるお隣のお兄ちゃんは、本当に優秀な人だった。中学高校と地元でも有名な進学校でトップの成績を収め、末は博士か大臣かとたいそう期待されていた。

しかし、いよいよ大学進学となったとき、総ちゃんが希望したのは、実家から通える地元の大学だった。

多分それって、妹と――ついでに私が心配だったからだよね？

どんだけ過保護なんだって話だけど、さすがに周囲が必死に説得したらしい。三佳ちゃんによると、高校の校長先生と学年主任が菓子折持参で夜な夜な訪ねてきたそうだ。

結局総ちゃんが折れる形で、日本でもトップクラスの都心の大学に渋々進学した。

――まったく乗り気じゃないくせに、楽勝で合格するってどうなのよ？

その後、総ちゃんが選んだのが警察官という職業だった。

子供の頃から正義感が強かったから、警察官になるのは納得できた。しかし、そこでも本人は、交番勤務のお巡りさんを希望したらしい。

――トップの大学を卒業した人が、迷わずノンキャリアを選択するってどうなのよ？

お巡りさんだって立派な仕事だけど、総ちゃんが選択するには障害が多かった。当然、ここでも周囲に説得され、紆余曲折《うよきょくせつ》を経て総ちゃんは警察庁へと入庁した。

本人が思い描いていた未来とは違っていたかもしれないが、順調に出世しているご様子だ。今年に入り、研修を兼ねて地方へ赴任していた。

だからこそ私たちは、二人で画策《かくさく》をして実家を出た。同じ職場を選んで、二人でルームシェアすることを条件に両親の承諾を得た。

総ちゃんには事後報告だったけれど、『二人で同じ職場を選んだことは褒めてやる』と一応認めてもらえた。亮ちゃんが通う大学の近くに就職したことも、幸いしたと思う。

だけど、いずれ総ちゃんは東京《とうきょう》に戻ってくる。それまでに、やりたいことをして、こっちでの生活を整えてしまおうと思っていた。

なのに——

「研修期間はまだ終わってないけど、警視庁でちょうど欠員が出たから、兄さんが警視庁に出向になって東京へ呼び戻されたんだって。すごいよね」

総ちゃんに代わって、亮ちゃんが私たちの疑問に喜々《きき》として答える。

——くっ、この、エリート様が！　研修期間が短縮になるなんて、どんだけ優秀なのよ!?

ちらりと様子を見ただけなのに、眼鏡の下の涼しげな目とバッチリ視線が合ってしまった。

「誰かさんたちと違って、日頃の行《おこな》いがいいだけだ」

——人の心を、読まないでほしい。

「亮次郎は、知ってて黙ってたのね？」

三佳ちゃんが亮ちゃんをジロリと睨《にら》む。

「だから、おあいこだって言ったでしょ？」

「そもそも、なんであんたが合コンのことを知ってるのよ⁉」

「バイト先に来た三佳たちの会社の先輩から、偶然聞いちゃって」

偶然なんて白々しい。亮ちゃんは笑顔の爽《さわ》やかな好青年だが、実は兄の忠実なスパイだ。

亮ちゃんは最近、私たちの会社近くのカフェでアルバイトを始めた。オシャレでリーズナブルと女子社員たちの人気が高く、ランチタイムや仕事終わりによく利用される憩《いこ》いの場だったりする。

彼のことだから、よく調べた上であのカフェを選んだに違いない。だって、入社してすぐに七緒さんに連れられて行った頃にはいなかったのに、ある日突然働いていたんだから。

きっと、カフェで合コンの話を聞いて、三佳ちゃんの予定と擦り合わせたんだろう。

眼鏡のブリッジを指で押し上げた総ちゃんは、真っ直ぐに三佳ちゃんを見据《みす》えた。

「黙っていたということは、うしろめたさはあるんだな？」

カチリとコーヒーカップをソーサーに戻す音を聞き、緊張が走る。

「うう……っ、それは……」

ぐっと喉を詰まらせた三佳ちゃんは、そのまま黙り込んでしまった。

反論できるはずもない。三佳ちゃんや亮ちゃんの兄への服従心は、昨日今日仕込まれたものではない。

「総ちゃん、三佳ちゃんの気持ちもわかってあげて。私たちだってもう社会人なんだから、先輩に誘われたら無下《むげ》には断れないよ」

切れ長の目がこちらに向けられても、怯《ひる》んでばかりはいられない。

「正直に話しても絶対に反対したでしょう？　でも、先輩の誘いを断る理由が保護者の反対なんて、それこそ社会人としてどうかってことになるじゃない」

三佳ちゃんが乗り気だったというのはこの際置いておく。そこを突っ込み出すと、話がまた長くなるからね。

とにかく、総ちゃんのほうが社会人としても先輩になるのだから、似たような経験はあるはずだ。

社会に出たからには、私たちも立派な大人だ。

ドヤ顔で正論をかざしてみたものの、総ちゃんに冷たく一瞥《いちべつ》された。

「そういうことは、自分で自分の身を守れるようになった人間が言うことだ。俺たちがあの場に踏み込んでいなかったら、自分が今頃どうなっていたかわかっているのか？」

ジロリと睨《にら》まれ、形勢の不利を悟る。

――そうでした。助けられておいて、言えることではありませんでした。

「そ、そういえば……三佳ちゃんは平気だった？　変なもの飲まされてない？」

これはいかんと、慌てて話題をすり替えた。

「私は、自分で頼んだものしか飲んでないよ」

「三佳は初海と違って警戒心が強いからな」

――ううっ、さらりと言われた厭味《いやみ》が刺さる。

美人で、男の人からのアプローチに慣れている三佳ちゃんは、私よりも奔放《ほんぽう》なだけ自己防衛能力が高い。

「……総ちゃんはどうして、あの人たちが怪しいってすぐわかったの？」

思いきりトーンダウンした私に、総ちゃんは小さく笑った。

「そんなの、初海に言い寄ってたからに決まってる」

残りのコーヒーを飲み干して、ゆっくりとカップをソーサーに戻す。

眼鏡のブリッジを指で押し上げ、長い脚を組み替える姿は、一瞬ここがファミレスなのを忘れるほど優雅だ。

年を重ねるごとに、総ちゃんはますますその魅力を増している。

——中身は、相変わらず過保護のままだけど。

「おまえの周りには、碌《ろく》な男がいない」

ずいぶん失礼な物言いだが、総ちゃんが言い切るには根拠がある。

私は、昔からとにかく男運が悪い。

小学校の頃に連れ去られかけたのを皮切りに、不審者と呼ばれる類《たぐ》いと遭遇《そうぐう》したことは数知れず。

電車に乗れば痴漢《ちかん》に遭い、道を歩けば露出狂に当たる。三佳ちゃんと一緒にいても、狙われるのはいつも私。

二人でいるのに、突然現れたおじさんが私にだけ見えるようにいきなりコートを広げたときには、さすがに泣いた……。

多分、目を惹くのは三佳ちゃんだけど、私のほうが「チョロそう」に見えるせいだろう。攻略が難しそうな山に挑戦する前に、すぐ近くにある低い山で小手調べするのと同じだ。

そして私が危険な目に遭うたびに、助けてくれるのが総ちゃんだった。

三佳ちゃんや亮ちゃんから呼び出されると、総ちゃんはいち早く駆けつけ、あっという間に変質者を撃退してくれた。

ときには、悲鳴を聞きつけてどこからともなく現れたこともある。泣きながら家に帰ったときは、落ち着くまでずっとそばにいてくれた。

だから私も、結局は総ちゃんに頭が上がらない。

「とにかく初海は、もっと自分の男運の悪さを自覚しろ」

「はい……」

決定的な出来事のあとだから、反論の余地はございませんでした。


その後も延々と説教されて、帰宅する頃には私も三佳ちゃんも疲労困憊《こんぱい》だった。

もうお風呂に浸かって早く寝たい。だけど、最後にまだ難関が残されていた。

「だから、どうして俺を部屋に入れられないんだ？」

「逆に、なんでお兄《にい》が入る必要があるの？」

「セキュリティのチェックとか、設備に不備がないか確認しないといかんだろう」

「そんなの、入居するときにちゃんとしたから！　設備の管理はお兄《にい》じゃなくて管理人さんの仕事だから！」

私たち二人は総ちゃんにアパートまで送り届けられたのだけど、そこから部屋に上がる上がらないの押し問答が、かれこれ三十分は続いている。

矢面に立っているのは三佳ちゃんだが、彼女が頑《かたく》なに拒むのには理由がある。

そんなことをしたら、秘密がバレてしまうからだ。

私たちはルームシェアをしていることになっているが、実は真っ赤な嘘である。三佳ちゃんのアイデアで、同じアパートの同じ階でも、実際には一部屋ずつ借りている。玄関も生活空間も別の、普通の一人暮らしだ。

ルームシェアと大差ないと思うなかれ。誰かと空間を分けるのと独占しているのとでは、気楽さがまるで違う。たとえ無二の親友でも、四六時中一緒なのは、やはりどこか息苦しい。特に私たちは職場も同じだから、プライベートくらいお互い自由にしたい。

家がその人にとっての城だとは、よく言ったものだ。

「初海ちゃんだって、急に来られたら困るよね!?」

「そ、そうだね……洗濯物とか、そのままになってるし」

「だよね!? それに、私たちの部屋は男子禁制! たとえ身内であっても認められません!」

……本当は違うけど。当初、女性専用のアパートを借りる案もあったけど、それは三佳ちゃんが断固として反対した。理由は――いつか彼氏ができたときのために他ならない。

「とにかく、今日は無理だから! もう遅いし、近所迷惑だからさっさと帰って!」

総ちゃんは納得いかない様子だったけど、この勝負は三佳ちゃんが押し切って勝利した。

「ああ……疲れた……」

エントランスで、去って行く車を見送りながら肩を落とした三佳ちゃんは、疲れ切っていた。

「お疲れ様。三佳ちゃん、ナイスファイトだったよ」

「今後の対策も立てなきゃだけど、今はもうそんな元気ないや……」

「そうだね。今日はゆっくりして、また考えよう」

お互いの苦労を労《ねぎら》いながら、それぞれの部屋へと戻っていった。

アパートの裏手――部屋の灯りが確認できる場所に、一台の車が停まったことも知らず。


――ピンポーン。

翌朝、まだベッドの中にいた私は、来客を告げるチャイムで目を覚ました。

普段から、住民の誰とも交流がなければ私も警戒しただろう。だけど、私の隣には三佳ちゃんが住んでいて、日常的に行き来がある。

きっと三佳ちゃんが朝食でもねだりにきたのだろうと、ゴソゴソと布団を抜け出して、備え付けのモニターを確認することもなくドアを開けた。

だけどそこに立っていたのは、三佳ちゃんとは似ても似つかない、だけどちょっとだけ血縁を感じさせる風貌の大男――

「おはよう、初海。誰かも確認せずにドアを開けるなんて、不用心だな」

昨夜とは違う、カットソーにチノパンというラフな私服姿の総ちゃんは、下ろしたままの前髪をかき上げながら口元を歪める。

笑っているようで笑っていない総ちゃんを見て、思わずドアを閉めようとした。

だがそれよりも早く、サッと伸ばされた脚によって阻《はば》まれる。……くそっ、ガサ入れで培《つちか》った技か!?

「そそそ総ちゃん、な、なんで……」

言いながら必死でドアを引っ張ったのだけれど、力で敵《かな》うはずもない。よくわからないドス黒い笑みを浮かべた総ちゃんは、ぐいいっとドアをこじ開ける。

「昨晩、今日は無理だと断られたから日を改めたんだが、なにか問題でも?」

問題なんか、大アリに決まっている。

「わ、私まだ起きたばかりで、パジャマだし。部屋も、片付いてないから」

それに、ここには三佳ちゃんがいない。踏み込まれたら、二人で一緒に住んでいないことがバレてしまう。

「初海のパジャマ姿なんて見慣れてる。ああ、でも……言われてみれば久しぶりかな」

そう言って私を見つめる総ちゃんに――ゾクッとした。

――そもそも、総ちゃんはどうやってオートロックを突破した？

しかも、私の部屋も見事に当てている。

「心配しなくても、ここに三佳がいないことは知っている」

「へ――!?」

混乱した私の身体がよろめき、力なくその場にしゃがみ込んでしまう。

その隙に、バタンとドアが閉まる音が響いた。

「ほら、簡単に部屋に入れた。おまえには警戒心が足りないんだ」

私を正面から見下ろす総ちゃんの瞳には、見たことのない黒い炎が浮かんでいる。

総ちゃんに見られて背筋が凍ることは何度もあった。それは親に叱られる子供や、飼い主に咎《とが》められるペットのような心境だったのだけれど、なにかがいつもと違う。

「み、三佳ちゃんは……？」

「昨日のうちに亮次郎の部屋に引っ越していった。今日から、この部屋の隣には俺が住む」

「へ――!?」

「おまえは逃げられなくて残念だったな」

膝をついた総ちゃんが、しゃがみ込んで私と目線を合わせる。

そして妖艶《ようえん》な笑みを湛《たた》えながら、言った――

「言ったろう？　おまえの周りには碌《ろく》な男がいない――俺を筆頭にな」

第二話　ヘンタイが現れた！

週明けというのは憂鬱《ゆううつ》になるものだけど、今日ほど待ち遠しいと思ったことはない。

「三゛佳ぢゃあああん！」

「――おっふ！」

会社のロッカールームで着替え中の三佳ちゃんを見つけて、飛びついた。

これまで、毎朝一緒に通勤していた親友と、二日ぶりの再会である。

「ああ……初海ちゃん、おはよう」

上半身下着姿という状態でいきなり背後から抱きつかれた三佳ちゃんは、奇妙な声を出したあとで私の仕業《しわざ》であることを確認し、目を泳がせた。

「み、三佳ちゃん、なんで、なんで……!?」

「わかってる。わかってるから、落ち着いて」

――落ち着いてなんかいられるもんですか！

だけど、周囲の目もあるということで、ひとまず三佳ちゃんから引きはがされる。

「なんで？　なんでいきなり、総ちゃんが引っ越してきたの!?」

「大変だったよね。でも、五体満足そうでなにより」

一定の距離を保った三佳ちゃんは、私の全身をジロジロとチェックする。

「見た目は変わらないのね」

意味不明な呟きをしながら、なんとなく生温かい目をしているのはなぜだろう？

「精神的には大ダメージだよ！　本当に大変だったんだからぁ……」

「まあ、その件について朝っぱらから話すのはなんだから、お昼休みにでもゆっくりと。ね？」

どうして朝から話しちゃいけないのかわからない。今すぐにでもぶちまけたいのに、焦《じ》らすなんてこの小悪魔め！

そりゃあ、始業前に終えられるほど短い話でもないけれど。

私の脳裏には、この二日間の悪夢のような出来事が次々と蘇《よみがえ》る——

「本当にもう、大変だったんだから……」

待ちに待った昼休み。

社員食堂でランチをしながら、私は言いたくて仕方がなかった愚痴《ぐち》をひたすら三佳ちゃんにぶつけていた。

ちなみに、いつも利用しているカフェの利用は自粛した。あそこには総ちゃんの忠実なしもべがいるから、なにを報告されるかわからないしね。

過保護な総ちゃんから逃げるためにあれこれ画策《かくさく》してきたのだけれど、とっくの昔にバレていたらしい。三佳ちゃんは部屋を乗っ取られ、私の隣人は妹から兄にチェンジした。

「勝手に乗り込んできたくせに、引っ越しの手伝いまでさせたんだよ？　買い出しにも連れていかれて、近所の案内させられて、それから三佳ちゃんの部屋の掃除でしょ……ああ、三佳ちゃんの荷造りは私がしたからね。まったく、私は総ちゃんの小間使いじゃないんだから！」

この週末は録りためたドラマを一気見してのんびりしようと思っていたのに、寛《くつろ》ぐ暇もなかった。さすがに夜には帰っていったけど、食事が終わってもいつまでも総ちゃんが居座っているもんだから、自分の部屋なのにまったく落ち着けなかった。

この窮屈《きゅうくつ》さを理解してくれるのは、私の他には三佳ちゃんしかいない。それなのに、この冷たい反応はなんだ。

箸を止めてポカンとしているだけである。

「えっと……それだけ？」

私がほしかったのはそんなリアクションじゃない。

「それだけって、三佳ちゃんなら私の気持ちをわかってくれるでしょう!?」

「うん、まあ、わかるけど。その、初海ちゃんは……食べ、られた?」

「食べる? そりゃあ、総ちゃんの手料理はこれでもかってほど食べさせられたけど」

総ちゃんは外食が好きではないらしく、食べたいものは作ってしまう人だ。腕前だって大したものである。

総ちゃんの手料理は好物だから、悲しいかな、すすめられると断れないんだなぁ……

「朝食は冷蔵庫にあったパンとチーズオムレツで、お昼はテイクアウトのお弁当だったけど、夜は総ちゃんお手製のロールキャベツ。翌朝は、ごはんとお味噌汁の和定食で――」

もちろんそれらは私の部屋のキッチンにて調理された。だからこそ、後片付けや翌朝の下ごしらえが終わるまで、ずっと総ちゃんは私の部屋にいたのだ。

「そういう意味じゃなくて……そうか。実力行使に出たから、いよいよと思ったんだけど」

「なんの話?」

「……なんでもない。私だって、夜中に襲撃されて大変だったんだから」

三佳ちゃんが連れ出されたのは、なんと飲み会の日の深夜だった。そろそろ寝ようとしていたところで突然インターホンが鳴り、カメラに映った訪問者が兄たちだとわかった三佳ちゃんは必死に抵抗した。

それでも引き下がらない二人に、続きは総ちゃんの車の中で話そうと部屋を出て……今日に至るのだそうだ。

どうりで、三佳ちゃんが部屋を出たのにも気がつかなかったわけだ。私のほうが、三佳ちゃんよりも先に就寝したのだろう。

「多分、帰ったふりをして外で張り込んでたのよ。車に乗ったときにはもう私たちが別々に暮らしてることはわかってるみたいだったから、部屋の灯りでもチェックしてたんじゃない？」

恐るべし、警察の張り込み技術。それをまさか、実の妹の監視に活用するとは。

黙って一人暮らしをしていたことを咎《とが》められ、こっぴどくお説教された三佳ちゃんは、罰として亮ちゃんの部屋に住むことになってしまった。

亮ちゃんにとっても迷惑な話だが、私たちが合コンに参加するとわかっていながら引き止めなかったことへのペナルティ、だそうだ。

なんたる横暴とドン引きしたいところだが、総ちゃんに忠実な亮ちゃんはすんなりと受け入れてしまったので、三佳ちゃんも最終的に従わざるを得なかったらしい。

私だってバレたら即座に連れ戻されると思っていた。だけど、私たちにも仕事があり、アパートには契約だってある。それを考慮して今のところ猶予《ゆうよ》が与えられたみたいだけれど、今の生活を続けるための条件が小うるさい監視付き、ということだろう。

「初海ちゃんにはお兄《にい》、私には亮次郎で、監視体制は同じでしょ？　でも亮は、私にごはんなんて作ってくれないもの。そこは初海ちゃんのほうがいいわよ。お兄《にい》のロールキャベツは、初海ちゃんの大好物だもんね」

「あれは……美味《おい》しかった」

日曜の夕飯もこれまた大好きな鶏の炊き込みごはんと茶碗蒸しだった。なんだかんだ言っても、子供の頃からの積み重ねで、胃袋はがっちりと掴《つか》まれてしまっている。

「あ――成瀬さん、睦永さん！」

そこへ、私たちを見つけた七緒さんがやって来た。

「七緒さん、お疲れ様です」

七緒さんは私たちを苗字で呼ぶが、私たちには自分を名前で呼ばせるのには理由がある。

彼女の苗字は「緒方《おがた》」。本人的には緒方七緒という二回も「緒」が付く名前にコンプレックスがあるらしく、熱心に婚活するのも単に苗字を変えたいだけ、という噂もある。

「お疲れ様。この間はごめんね？」

七緒さんは私たちのそばに来るなり、両手を顔の前でパチンと合わせて頭を下げた。

もちろん、先日の合コンの件だ。なんでも相手とはSNSで知り合ったらしく、直接会ったのは当日が初めてだったのだそうだ。

「今度ちゃんと埋め合わせするから。ご希望のタイプがあれば承《うけたまわ》るわよ？」

正直、それどころではなかったから、気にしなくていいのだけど……

「私は断然、肉食系男子が好みです」

乗り気でない私とは反対に、三佳ちゃんは食い気味で手を挙げる。

――この期《ご》に及んでまだ合コンに行く気なの？

めげない精神力はさすがである。

「睦永さんは？」

「私は……合コンは、しばらく遠慮しておきます」

私には三佳ちゃんほどの根性はないから、ほとぼりが冷めないうちにそんな気にはなれない。

丁重にお断りを入れたつもりが、七緒さんはその目を丸くする。

「どうして!? この間のお兄さんによっぽど叱られた？ それとも、もう彼氏ができたとか!?」

「そんなんじゃないです！ それにあの人たちは、私じゃなくて三佳ちゃんの親族ですから」

「ああ、そういえば、三人とも顔の系統は同じだったわよね」

——くっ、どうせ私だけ、成瀬家の面々に比べて顔面偏差値が劣《おと》りますよ。

あの二人が三佳ちゃんの過保護な兄であることと、幼なじみのよしみで私もその管理下に置かれていることを説明すると、七緒さんも納得したようだった。

「じゃあ、合コンは別として、睦永さんのタイプってどんな人？」

「あ、そういえば私も、ちゃんと聞いたことなかったかも」

七緒さんからの質問に、なぜか三佳ちゃんがぱあっと瞳を輝かせる。

長い付き合いでも、私たちの間で頻繁《ひんぱん》に恋バナが出るようになったのはつい最近のことだ。なにしろ、お互いに実体験もなければ、この手の話題に過剰反応する人がいるから、意図的に避けていたということもある。

私だって、恋愛には人並みに興味はあった。だけど、できやしないことを話しても空《むな》しくなるだけだ。そうやって抑制されていたからこそ、特に三佳ちゃんは社会人になってからというもの歯止めが効かなくなったらしい。

「好きな男性のタイプか……なんだろう」

即答できるほどの確固たるものはないから、改めて聞かれるとちょっと困る。

「とりあえず、肉食系ではないかな？」

なにしろ私には天性の男運の悪さがあるから、ガツガツ来られると不信感を持たざるを得ない。

私に声を掛けてくるのは、たいていが痴漢《ちかん》や露出狂といった不審者なんだもん……

何度かナンパをされたこともあるけど、見た目も中身もチャラいというか、下心が見えすぎていて嫌だった。

「でも、草食系相手だといつまで経っても進展しないわよ？」

三佳ちゃんの言う通り、恋愛経験のない私は、相手が極端な草食系だと、なかなか交際にまで発展することはないだろう。できれば相手にリードしてもらいたいから、いわゆる草食系もダメなのかもしれない。

「私の場合、粘着質か否かのほうが重要なんだけどね。肉食でも草食でも、ストーカー気質だったら一発アウトだから」

「ああ……」

私の意見に、心当たりのある三佳ちゃんが遠い目になる。

男性との心躍るエピソードはなくても、変質者との思い出は豊富なのだ。

だから、そんな変質者から守ってくれるような、優しくて頼りがいがあって明るくて爽《さわ》やかな人が理想だ。

しかし、いつ思い出しても碌《ろく》な体験がない。我ながらよく男性不信にならなかったものだ。自分で自分を褒めてやりたいくらい。

私が恋愛に積極的になれないのは、絶対にこれらのせいだ……

「参考までに、七緒さんのタイプはどんな人ですか？」

私の価値観は当てにならないから、ここは経験豊富そうな先輩の意見を参考にしてみてはどうだろう。

「私はもちろん家庭的な人ね。結婚後も仕事は続けたいから、家事や育児にも積極的に参加してくれないと。あとは経済力も大事！」

さすがに婚活に力を入れているだけあって、現実的な意見である。

そういえば、総ちゃんはこの理想に当てはまるかも。

この週末も散々こき使われたけど、総ちゃんはそれ以上に働いてくれた。

食事の準備はもちろん、重くて動かせなかった家具の移動もやってくれたし、手が空いたときにはパパッと洗濯物を畳んでくれた——下着まで片付けられそうになったときは、焦ったけど。

とにかく、疲れているときに率先して家事をしてくれる男性となら、結婚生活も円満だろう。

「たしかに魅力的ですよね。あ、でも、デートでは外食がしたいな。家では作れないものとか食べたいから」

「初海ちゃん、話が逸れてるよ？」

ついつい食に走ってしまったことを指摘されて肩を竦《すく》める。やっぱり私はまだ、色気より食い気が勝っているのかもしれない。

「睦永さん、顔の好みとかは？　好きな男性アイドルとか俳優さんとかいない？」

「そりゃあ、世間的にイケメンと呼ばれる芸能人は格好いいと思いますけど、いまいち現実味がないというか。出会うことも、なにかが起こる予感もないし」

「じゃあ、今まで出会った中で一番格好よかった男性は？」

「それは……」

思い当たる人は、総ちゃんしかいない。

私を守ってくれたあの日から、総ちゃんは私のヒーローだ。

過保護の度が過ぎていることを除けば、後にも先にもあの人に勝てる人には出会ってはいない。

「いっそのこと、お兄《にい》と付き合っちゃえば？」

ニヤリと口角を上げた三佳ちゃんは、兄とよく似た含みのある笑みを浮かべ、とんでもない物件を紹介してきた。

「多少性格に難はあるけど、身内から見てもそんなに悪くないと思うの。経済力もあって家事全般こなせて、初海ちゃんの心配の種である不審者の対応も万全だよ？」

「ちょっと、三佳ちゃん。冗談やめてよ」

三佳ちゃんのことだから、私が総ちゃんと付き合えば自分への監視が緩くなると思っているんだろうけど、その手には乗るものか。

「お兄《にい》って、成瀬さんのお兄さんよね？　あれはいい男だったわ。でも、あんな素敵な人がフリーのはずないわよね？」

「そんなことはないです。お兄《にい》は性格に難があるって言いましたよね？　これまでにそんな話を聞いたことはありません」

血の繋がりがあるから逆に、お世話になっている兄に対して、三佳ちゃんは容赦《ようしゃ》がない。

「あらやだ。だったら私が興味あるわ」

それから三佳ちゃんは七緒さんに向かって、総ちゃんの過保護っぷりを披露《ひろう》しはじめた。それは重度のシスコンとも取られかねない内容で、そんな相手を私にすすめるなんてどうかしている。

言われてみれば、これまで総ちゃんの彼女というものは見たことがない。でもそれは、単に私が知らないだけなのではないだろうか。

年が離れているから学校生活はわからないけど、バレンタインやクリスマスといったイベントで、自宅の前までプレゼントを渡しにきた女の子たちを見かけたことはある。それくらい、総ちゃんは昔から格好よかった。

私たちの男女交際に厳しく口出ししている手前、大っぴらにしていないだけだろう。もっとモテ人生を謳歌《おうか》してもよさそうなものだが、変なところで義理堅いのが総ちゃんという人だ。

「でも初海ちゃんならお兄《にい》に免疫《めんえき》があるから、お似合いだと思うんだけどな」

「まだ言う?」

諦《あきら》めきれない様子の三佳ちゃんに、思わず苦笑してしまう。

私と総ちゃんが付き合う? ——ないない、それはあり得ない。

あの人は兄のような存在でしかない。その考えは総ちゃんも同じで、その証拠に、昼夜問わず一緒に過ごしたこの数日も、艶《つや》っぽいことはなにもなかった。

——総ちゃんにとって、私はいつまでも庇護《ひご》すべき子供なんだ。

今さらそんな目で見てほしいとは思わない。ただ、女として意識されないのは、年頃の娘としては傷つくこともある。

私を守ってと懇願《こんがん》したのは自分だった。わがままを聞き入れて、実の妹と同じ扱いをしてくれたことには感謝している。

だけど、私だっていつまでも守られるだけの子供ではいられない。

私もいつかは素敵な男性と恋愛がしたい。それ以上に、自立したひとりの大人の女性として生きていきたい。

親元を離れ、社会人として独り立ちしたばかり。まだ完全にひとりでやっていけているとは言えない私が、大人として認められるために越えなければならない最後の壁。それが総ちゃんだ。

もしかして総ちゃんが現れたのは、いわゆる卒業試験みたいなものではないだろうか。

「私と総ちゃんがどうこうなる可能性なんてないよ。それに私、見た目だけなら亮ちゃんのほうが好きだし」

だって私、筋骨隆々《きんこつりゅうりゅう》でいかにも男性的な見た目は苦手だから。総ちゃんも昔のままがよかったのに、なんで鍛えちゃったのかな。

「……それ、絶対に本人たちの前で言わないでね？」

そんなに顔を歪めなくても、あの二人の前で自分の好みを披露《ひろう》するような真似《まね》はしない。

それに亮ちゃんも、私にとっては兄みたいなものだ。

「結局、睦永さんは理想はあっても現実と噛み合っていないのかもね。好きになった人がタイプってことになるのかしら」

「そうなんですよ！」

さすが七緒さんはわかっている。

「理想はあるけど、まだこれという人に会ってないだけなんです！」

きっと私にも、どこかにいるはずなんだ。ガツガツしすぎずスマートで、草食と肉食がちょうどいい塩梅《あんばい》でミックスされているような——

「そっか。ロールキャベツみたいな人がいいのかも。見た目は大人しくても中身は積極的で、重たすぎない人」

「初海ちゃん。それ、週末に食べたものに引きずられてない？」

必死に捻《ひね》り出した結論なのに、やっぱり三佳ちゃんは呆《あき》れ気味だ。

「胃袋だけはがっちり掴《つか》んでるのか……」

「なんの話？」

「なんでもなーい」

絶対になんでもない顔には見えない。貧困な発想力を笑われたって、これが私なんだもの。

私だって、いつかは「この人」だという相手に出会えるはずだ。

総ちゃんたちを納得させるのは骨が折れそうな気がするけれど、そんな苦労も運命の相手とならば苦にならないだろう。

——いつか絶対、自分で見つけてみせるんだから。

三佳ちゃんや七緒さんとの他愛のないお喋りのお陰で、抱えていたモヤモヤが少し晴れた私は、午後からの仕事を精力的にこなした。

資料をひたすらに打ち込むルーティーンワークはいい。

余計なことを考えずに無心になっているうちに、あっという間に退社の時刻になった。

でも、仕事が終わればまた、現実が待っている。

「ええ⁉　三佳ちゃん、先に帰っちゃったの？」

部署の違う三佳ちゃんとはいつも更衣室で待ち合わせているのに、なぜか姿が見えない。おかしいと思って電話をしてみたら、彼女はもう帰路についていた。

『ごめんね、今日はちょっと用事ができちゃって』

「そんなことお昼には言ってなかったじゃない。……あ、もしかして」

『違うよ、合コンじゃないから。とにかく、今日はひとりで、気をつけて帰ってね』

最後は早口でまくし立てるように言葉を紡いだ三佳ちゃんは、さっさと電話を切ってしまった。

――あやしい。

合コンではないと言っていたけど、どう考えてもなにかありそうだ。

またよからぬことを考えているのかもしれない。

「あら、睦永さん。今日は成瀬さんと一緒じゃないの？」

切れたスマホを片手に眉をひそめていると、七緒さんがやって来た。

「残念ながら振られてしまいました」

「あなたたち、一緒のアパートに住んでいるんじゃなかった？　仲が良いわよねえ」

「それが、諸般の事情で……」

そっか。考えてみれば、三佳ちゃんとは帰る方向が違うから、これからは別々に帰宅するのが当たり前になるんだ。

子供の頃からずっと一緒だったのにと、急に寂しくなったのが顔に出たのだろうか。七緒さんはしばらく考えたあと、ポンと手を打った。

「時間があるなら一緒にごはんでも行かない？　この間のお詫びを兼ねて」

合コンについては謝罪も受けたし、気にしていない。むしろ迷惑を被《こうむ》ったのは七緒さんだというのに、なんて律儀《りちぎ》な先輩なのだろう。

「そんなの、もう気にしないでください。でも、ごはんには行きましょう」

三佳ちゃんもいないから、ひとりで食事するよりずっといい。

日々忙しい総ちゃんだって、どうせ家にはいないはずだ。

なにより、こうやって総ちゃんのことを気にしているのが嫌だ。

門限なんてないのに、時間を気にしてビクビクしてしまうのは染み込んだ習性だろう。だけど、私はもう大人で、自由なんだ。先輩と外食して帰ったからといって咎《とが》められる筋合いはない。

そうだ。これを機会に、私だけの交友関係を広めよう。ああ愉快だ、総ちゃんめ。私から三佳ちゃんを引き離したのは、失敗だったのだ。

「どうしたの、今度は急にニヤニヤしちゃって」

——おっと、つい顔に出てしまっていたらしい。

「なんでもありま……いや、あるか。七緒さんと二人でデートだと思うと嬉しくて」

「可愛いことを言ってくれるけど、私はデートなら男性としたいわ」

そんなふうに七緒さんとキャッキャしながら会社を出た直後だった。

「遅いぞ」

「——げっ」

エントランスを一歩出たところに、総ちゃんが立っていた。

陽が落ちて薄暗くなったオフィス群をバックに、黒いトレンチコートを羽織っている総ちゃんは、道行くサラリーマンとは違った雰囲気を醸《かも》し出している。

——あんぱんと牛乳が似合いそうだ。

とにかく、なんというか、様になっている。派手な格好をしているわけではないのに、そこにいるだけで周囲の目が自然と惹きつけられる。その証拠に、さっきから通り過ぎる女の人たちがチラチラとこっちを見ては、心なしか顔を綻《ほころ》ばせている。

「なんでこんなところにいるの!?」

「なんでって、迎えに来たに決まっているだろう」

さも当然みたいな顔をしているのは、送り迎えをするのに慣れているからだ。

総ちゃんは実家を離れるまで、部活や勉強の合間を縫って、こうやって私たちのもとにやって来ていた。あの頃もどうやって都合をつけていたのかと不思議だったが、まさか社会人になってまで復活するとは思ってなかった。

「み、三佳ちゃんなら先に帰ったよ？」

あなたの妹は、急用ができたからと私を置いて先に帰っちゃいましたよー。

なんか怪しかったから、追いかけるなら早いほうがいいですよー。

「連絡を受けているから知ってる。だから待っていたのはおまえだけだ」

「ええ⁉」

三佳ちゃんが自《みずか》ら連絡していたとは想定外だった。悪態をついていても、やっぱり恐れる存在ということなのか。

「ほら、帰るぞ」

いつまで待たせるのかとでも言いたげに踵《きびす》を返したが、そうは問屋《とんや》が卸《おろ》さない。

「ちょっと待って、私にだって用事があるんだから！」

そう言って、私は隣の七緒さんに腕を絡めた。

「私、先輩と食事に行く約束があるの。だから送り迎えはいらない」

振り返った総ちゃんの眼鏡の奥の目が、スッと細められた気がした。

――ええい、怯《ひる》んでなるものか。お迎えが来たからまた今度なんて、私は幼稚園児じゃないんだから。

「予定があったのなら、私は今度でも」

「いいえ！　予定なんてありません！」

空気を読んだ七緒さんが引き下がろうとしたけれど、そこは下がらなくて大丈夫です。むしろ、行かないで。私をひとりにしないで！

逃がすまいと絡めた腕に力を込めると、総ちゃんの視線がそこへと向けられた。それから徐々に上がり、七緒さんの視線とぶつかる。

「成瀬さんのお兄様、でしたね。先日はどうも」

何度も言うが、総ちゃんには愛想がない。女性に対して向けるには、あまりにもぶしつけな視線なのだが、七緒さんは大人の対応で挨拶《あいさつ》をした。

「ああ、あのときの」

「改めまして、睦永さんの同僚の緒方と申します。先日のお詫びにと睦永さんと食事に行くところでしたの」

私がひとりで帰るのなら、断っても総ちゃんはついてくる。だが、しかし。職場の先輩と一緒ならば、総ちゃんだっておいそれとは同行できまい。

「もしよろしければ、ご一緒しませんか？　お兄様にもお礼をさせてください」

ことのあろうに、七緒さんは総ちゃんまで食事に誘った。

——なんてことを言い出すの⁉

「ちょっと、七緒さん⁉」

私は七緒さんの腕を引き、くるりと総ちゃんに背を向ける。

「やめておきましょうよ。女同士のほうが絶対楽しいですって」

顔と顔を寄せ合い、聞かれないようにヒソヒソとした声で、前言撤回するように要求した。

「いいじゃない。私も噂の過保護っぷりがどれほどか見てみたいの」

「そんな……」

どうやら七緒さんは、昼間の三佳ちゃんの話や私の反応で、ますます興味をそそられたらしい。

他人事なら楽しめるのかもしれないが、当事者としてはたまったものじゃない。

——どうして仕事帰りの女子会に、保護者を同伴しなきゃいけないの⁉

おまけに、婚活中の七緒さんは、十中八九恋バナをするだろう。それこそ、総ちゃんが一番嫌う話題じゃないか。

総ちゃんは、恋愛そのものを否定するわけではない。だが、恋愛を題材としたドラマや映画、小説が目に留まるたび、世の中の男がいかに煩悩《ぼんのう》にまみれているかを説くのだ。

せっかくのロマンチックな場面でも、下心を暴露《ばくろ》されては興ざめする。

——思春期の少女が抱く淡い憧《あこが》れさえ、根こそぎ刈り取られたんだ！

そんな相手と食事に出かけて楽しめるはずがない。なにより、結婚に憧《あこが》れている七緒さんにも悪影響を及ぼしかねない。

懸念する私に、七緒さんは余裕の態度で耳打ちする。

「大丈夫よ。それに、もしも過保護の理由が理不尽なときは、援護してあげる」

思わぬ申し出に、形勢が逆転する——私の中で、過保護殲滅《せんめつ》計画が即座に練られた。

「……いいんですか？」

私も三佳ちゃんも散々抵抗してきたが、所詮《しょせん》敵《かな》わなかった。

総ちゃんにとって、私たちの自由になりたいという願いは子供のわがままでしかなかった。

一枚も二枚も上手《うわて》で、私たちがどんなに喚《わめ》いても論破できない。

周りの大人も総ちゃんを信頼しきっていたため、今まで私たちの味方をしてくれる者は誰もいなかった。

だから七緒さんは、初めてできた大人の味方である。年齢は総ちゃんよりも下だけど、男性より女性のほうが精神年齢は高いと聞く。この助《すけ》っ人《と》はぜひ獲得したい。

「任せなさい。年下を可愛がる気持ちはわかるけど、度が過ぎるのはよくないわ」

「七緒さん……！」

なんて頼もしい。救世主、いや、もはや神である。

女神様は、さらに身を屈めながら私にだけわかる角度で不敵に微笑む。

「それに、やっぱりいい男じゃない。本当にフリーなら、私にワンチャンあるかも、でしょ？」

「……結局、そこですか？」

どうやら七緒さんは、総ちゃんをロックオンしたようだ。

でも、もしも総ちゃんと七緒さんが付き合えば、私たちへの干渉《かんしょう》が緩められるかもしれない。

すらりとした高身長でクール系美女の七緒さんは、総ちゃんと並んでも見劣《みおと》りしない。

――だけど、それを想像したときにモヤッとするのはなぜだろう。

きっとそれは、総ちゃんがどういう人かわかっているからこその不安に違いない。

勝負の行方がどうなるのか――期待と不安を抱きながら、私たちは食事の場所へと向かうことにした。

七緒さんが選んだのは、会社近くのカフェ――そう、亮ちゃんのバイト先のカフェである。七緒さんは最初、食事代を全部持つと言ったけれど、最終的には総ちゃんがご馳走するということで話がまとまった。

理由はどうあれ、あの合コンの場を壊したのは自分だからとスマートに申し出たのだ。

そうして、七緒さんが指定したこのお店に来たのだけど、こんないつも行くお店ではなく、もっと高いものをご馳走《ちそう》してもらえばいいのに……

手料理を振る舞われることが多い総ちゃんとの外食だから、もっと贅沢《ぜいたく》がしたかった。

「そういうお店は男性と二人きりのときに行くものよ」

不満が顔に表れていたのだろう。七緒さんが小さく笑ってウインクする。

――なるほど。それが大人の恋愛なのね。

「いらっしゃいま……兄さん!?」

エプロン姿でバイト中の亮ちゃんが、私たちを見て目を丸くする。

「どうしたの、来るなんて聞いてないけど。心配しなくても真面目に働いてるよ？」

「そこは疑っていない。ここは、こちらの緒方さんの推薦だ」

「ああ、七緒さんいらっしゃいませ。初海ちゃんも」

笑顔の亮ちゃんが微妙に私から視線を逸らすのは、うしろめたいことがあるからか？

それよりも、亮ちゃんがバイト中ということは三佳ちゃんはフリーなのね。なんの用事だったのか、明日聞きだしてやる。

席に通された私たちはディナープレートを注文した。本日のメニューはチキンの照り焼きで……美味《おい》しそうだ。

「先日はお世話になりました」

向かい合って座った総ちゃんと七緒さんは、改めて挨拶《あいさつ》なんかをしている。

行ったことはないけれど、これってお見合いみたいな雰囲気じゃないだろうか？　だったら私は二人の共通の知り合いの仲人《なこうど》的ポジションとして、頃合いを見て『あとは若い二人でどうぞ』と消えるべきなのか。

ここはサラダを食べながら、空気になることに徹する。

「警察の方でいらっしゃるんですのね。失礼ですが役職は？」

「階級は警視で、刑事部の管理官をしています」

「まあ！　エリートさんでいらっしゃるのね！」

警察組織には詳しくないが、管理官というのは刑事ドラマなんかでよく見るアレだろう。警察で働いているのは知っていても、役職なんてのは初めて聞いた。

——総ちゃんってば、本当にエリートなんだ。

「ただの管理職ですよ。それに、まだ赴任したばかりの新米です」

他人からの賞賛に慣れている総ちゃんは、テンションの上がった七緒さんにもどこ吹く風といった様子だ。

こんなに無愛想でよく社会人が務まるなと思っていたけど、会議室の上座《かみざ》に座って腕組みする姿は似合っているかもしれない。

「ご謙遜《けんそん》を。まだお若いのに立派な職に就かれて、ずいぶんおモテになるんでしょうね？」

七緒さんは早くも本題に切り込んだ。

「生憎《あいにく》、妹たちの世話が忙しいもので」

どうやら総ちゃんには現在お付き合いしている相手はいないらしい。それを確認した私は、咀嚼《そしゃく》していたブロッコリーを呑み込んでホッと息を吐く。

――いやいや。別に、総ちゃんに恋人がいなくて安心したわけじゃないから！

私たちにだけ厳しくして自分は、という状況でなかったことに安心しただけだから。それに、恋人がいない理由を私たちのせいにするのは、好感度が下がるポイントだ。

「家族思いですのね。好感が持てますわ」

七緒さんがどう感じたかは定かではないが、漂い始めたシスコン臭を家族思いと言い換えたのはさすがである。

「でもお仕事大変でしょう。お忙しいのでは？」

「まだ挨拶《あいさつ》回りだけです。そういえば、教えて頂いたSNSアカウントから彼らの身元を確認しました。ご協力感謝します」

合コンでの出来事は、あれで終わりではなかったらしい。

あの場からは逃げた彼らも、尻尾《しっぽ》はきっちりと掴《つか》まれていた。

総ちゃんは執念深いのだ。三佳ちゃんと逃げ出したことは一度や二度ではないが、どこまででも追いかけられた覚えがある。

思い起こせば、あれは地獄の鬼ごっこだった……

総ちゃんは、私たちの行動範囲や交友関係を徹底的に調べ上げて把握《はあく》していた。

それに、幼い頃から人一倍、正義感が強い。そこに抜群の記憶力と運動神経もあるものだから、ストーカーにでもなったら手のつけられない相手だ。

つくづく、間違った方向に行かなくてよかった……

「身内にこんな頼もしいお兄様がいれば、女の子は安心ですね」

「当の本人たちには迷惑がられていますがね」

チラッと投げられた視線が痛い。

——なんだ、自覚はあったんだ。

「これでも少しは自粛していたんですよ」

「……嘘だあ」

黙っているつもりが、思わず口をついて出てしまう。

「俺が実家を出てからは緩んだだろう？」

それって、私たちが卒業するまでのレールをバッチリ敷き終えたからだよね？

緩んだのは束縛ではなく、私たちの気持ちだけだ。

総ちゃんがいなくなって多少は羽が伸ばせるようになったけど、学生ではできることは限られていた。

社会に出て、ようやくこれからというときにふたたび現れて、よく言うよ。

「成瀬さんも睦永さんも可愛いから、心配になりますよね」

「そうですね」

——おい、そこはまず否定しろ。

いくら大事な妹を褒められたからって、額面通りに受け取るんじゃない。七緒さんは気を使って私の名前も入れてくれただけなんだから、聞いてるこっちが恥《は》ずかしくなるわ。

「妹の三佳はともかく、初海は昔から目を離すと妙なトラブルにばかり巻き込まれるので、こちらの気が休まりませんよ」

「……最近は、気をつけてるもん」

そりゃあ、誘拐されかけたり連れ込まれかけたりといろいろあったけど。

事情を知らない七緒さんが不思議そうにしているので、私はこれまでに起きた妙なトラブルについてごく簡単に説明した。

「た、大変ねえ……」

案の定、七緒さんはちょっと引いてしまった。

「もしかしてお兄様は、それが理由で警官に？」

「まあ、きっかけではありますね」

総ちゃんの言う通り、それは単なる職業選択のきっかけに過ぎないはずだ。

だけど、よく事情を知らない人が、総ちゃんは可愛すぎる妹と不審者に狙われやすい私のために警察官になったのだと聞いたら？

たいていの人は、過保護な束縛に最初は同情してくれる。でも、背景にあるトラブルを知ると、『だったら過保護になっても仕方ない』という考えに変わる。

「それは……心配になっても無理はありませんよね」

察しのいい七緒さんも例外ではなかった。

——なんだか、風向きが怪しくなってきた？

このままでは不利なので、軌道修正せねばならない。

「ちょっと待ってください。話だけ聞くと悲惨《ひさん》かもしれませんけど、私はそこまで馬鹿じゃありませんから」

たしかに危ない目には遭ってきたし、そのたびに怖い思いもした。

だけど私は卑屈になんかなっていない。トラブルは紙一重も含めてすべて未然に防がれてきたし、貞操だって守られている。

それに、学習能力だってある。私とて自分の身を守るためになんの対策も講じていないわけではないのだ。

夜道を歩くときにはなるべく明るい道を選び、背後に人の気配があれば警戒している。電車に乗る際には女性専用車両を選んで、バッグには常に防犯ブザーを携帯している。

いくら総ちゃんが警察官でも、四六時中私たちだけを守れるわけではない。警察は市民の味方で、私もその内のひとりでしかない。

「ちゃんと自分でも気をつけているから、昔に比べて変な人に出会う回数も減ったんです。それにもう簡単に連れ去られるような年齢でもないから、いつまでも監視は必要ないんです」

「だったら先日の合コンは？」

「――うっ」

ジロリと冷たい目で睨《にら》まれ、必死のアピールは空《むな》しく止められる。

「俺と亮次郎が乗り込まなかったらどうなっていたと思う？　それに、今まで無事でいられたのは誰のおかげだ？」

――そこを突っ込まれると、非常に痛い。

「総ちゃんです……」

トラブルの多くに対応してくれたのは総ちゃんだという自覚はある。

でもそれは、私たちが未成年だったからだ。これから先は自分の身は自分で守らなくては、いつまで経っても自立なんかできるわけがない。

――合コンの件は失敗だったけど、失敗から学ぶことだって多いのに。

経験がないから失敗するだけで、一度覚えれば次からは気をつけられる。機会さえ与えてもらえれば、私だって。

そう思っているのに、いつも総ちゃんを説得することができない。総ちゃんを言い負かすには、握られている弱みの数が多すぎるんだ。

「でも、大切にするばかりでは成長しないんじゃないかしら?」

口籠《くちご》もった私を見かねてか、七緒さんが救いの手を差し伸べてくれた。

「七緒さん……!」

「植物も、病気や害虫を駆除《くじょ》しすぎると成長を阻害《そがい》してしまうでしょう?」

なんていいことを言うんだろう。さすがは亀の甲より年の功……と思ったなんて絶対に口には出せない。

手を掛けすぎるのが愛情ではない。

甘やかされるのは、いい加減うんざりなんだ。可愛い子には旅をさせよ、獅子《しし》の子落としだ。

これで目を覚ましてくれるならいいんだけど……そうは問屋《とんや》が卸《おろ》さないのが総ちゃんという人である。

「適度な刺激はこちらが意図しなくても勝手に与えられていますけどね」

——そうなんだよ。こんな一般論で懐柔《かいじゅう》されるほど、甘くはないんだよ。

本当に頑固《がんこ》で融通が利かない。なにが総ちゃんをここまで執着させるのか、私にはまったく理解ができない。

「それに、すべてを排除しているつもりはありませんよ。こうして本人たちも社会生活ができているでしょう？　もしも本気ならば、家に閉じ込めて監禁しているはずですよ」

——おおう。なにその、警察官らしからぬ不穏なワードは。

しかも、当の本人は滅多《めった》に見せない笑みなんて浮かべちゃってる。その背後にドス黒いオーラが見えるのは、私だけではないはずだ。

——きっと総ちゃんは、筋金入りの管理癖の持ち主なんだ！

三佳ちゃんが姿を見る前に逃げだそうとするのも、結局は大人しく言うことを聞くのも頷ける。

長年の付き合いがある私でさえドン引きなのだから、七緒さんはなおさらだろう。

「本当に、可愛がっていらっしゃるのね……」

ほら、若干声が上擦っている……

「それはもちろん」

臆せず応《こた》えた総ちゃんは、ますます笑みを深くする。それが怖い、もはやホラーだ。

なのに次の瞬間、雰囲気が一変する。

「一生守ると決めていますから」

はっきりと告げた総ちゃんは、さっきまでの狂気じみた笑みというより、慈愛に満ちた穏やかな顔をしていた。

その表情から垣間見えるのは、家族愛ではない。

妹に対する気持ちなのに、それはもう——恋愛に等しい感情なのではないだろうか。

「成人したから少しは認めてやらなければと思うのですが、やはりそばにいると目についてしまうものですね」

総ちゃんも、自分の想いに戸惑うところがあるような返答だ。

だって、実の妹なんだよ？　本当は血が繋がってませんでしたなんてオチ、ないんだよ？

頭のいい人だから、手放したほうがいいことくらいわかっているはずだ。それでも、どんなに頭で考えても感情が追いつかないのが恋愛だ——と、本で読んだ。

「だからこそお願いしたい。私の目の届かない場所では、代わりになってもらえませんか？」

　総ちゃんは居住まいを正すと、真っ直ぐに七緒さんを見た。

「初海も三佳も、あなたのことを慕《した》っているようです。同じ職場に信頼の置ける先輩がいるのは私も心強い。あなたが未熟な二人を見守ってくださるなら、私も必要以上の干渉《かんしょう》はしないと約束します」

　――なんかもう、どんだけ～？　だ。

　どんだけ妹が大切なんだ。こんな申し出をほぼ初対面の七緒さんにするなんて、総ちゃんの愛情は重すぎる。

「わかりました……」

　だけど、七緒さんはすんなりと受け入れた。

　――この手のタイプは断ると後々面倒だから。

　七緒さんは女の勘で感じ取ったと、あとからこっそり教えてくれた。

　七緒さんと別れて家へと向かう帰り道、私の足取りはいつもより重かった。

　対して、隣を歩いている総ちゃんはご満悦《まんえつ》だ。

「……ご機嫌だね？」

　鼻歌を唄《うた》うほどあからさまに浮かれているわけではなく、顔はいつもの仏頂面《ぶっちょうづら》のままでも、感情の機微《きび》くらいはわかる。それくらい長い時間を共に過ごしてきた。

「当然だ。これでおまえたちが誘われることはなくなるだろうからな」

総ちゃんからお守《も》り役を託された形になった七緒さんは、今後私たちを合コンに誘うことは少なくなるだろう。

帰り際に『想像以上だったわ。彼は敵に回したくないわね』となんとも言い難い顔をしていたのを、なんだかとても申し訳なく思う。

「そんなに、合コンに行くのが嫌なの？」

「嫌に決まっている。さっきの話を聞いてなかったのか？」

「聞いてたけど……でも、やっぱり、妹にそこまで執着するのは……」

「――は？」

誰も言わないし、言っても聞かないのはわかっているけど、それなら私が苦言を呈《てい》するしかないだろう。

「そりゃあ、三佳ちゃんは可愛いよ。三佳ちゃん以上の女の子なんて、私も会ったことがないもの。だけど実の妹にそこまで入れ込むのは、倫理的にもよくないと――」

「ちょっと待て。なんで倫理云々《うんぬん》なんて話が出てくるんだ」

食い気味に遮《さえぎ》った総ちゃんは、足を止めて立ち尽くしている。

「……だって総ちゃんは三佳ちゃんを……」

「おまえは俺をなんだと思ってる？」

「筋金入りのシスコン」

「馬鹿か」

失礼な言葉を吐き捨てた総ちゃんは、そのまま頭を抱えてしまった。

――この態度は、落ち込んでいる？

「前から知っていたが、おまえは相当鈍いな」

なんだかすごく呆《あき》れられている気がして、ムカつくんですけど。

ムッとして口を尖《とが》らせていると、総ちゃんは深い深いため息を吐いた。

「初海――今週末、出かけるぞ」

「へ？　まあ、いいけど」

なんの脈絡もなく予定を入れられ断りたいところだが、生憎《あいにく》スケジュールは空いている。

それに、こんなふうに急に予定を入れられるのは珍しくない。昨日までは問答無用で連れ回されていたのだから、あらかじめ教えてくれるだけでもありがたいことだ。

「やっぱりわかってないな」

「なにがよ」

いくら私が総ちゃんに慣れているからといって、足りない言葉の全部を察することができるわけがない。そんなのは血の繋がった親兄弟であっても難しいだろう。

――それなのに呆《あき》れるなんて、私にどんだけ期待してるのよ。

「あのね。私のことを鈍いってわかってるなら、ちゃんと説明してくれないと伝わらないんですけど？」

「デートをしよう」

「はいはい、デートね。ほら、最初からそう言ってくれれば私だって――は？」

――今、なんつった？

「男が誘うというのはそういうことだ。鈍いおまえにも伝わるように、きっちり教えてやる」

ポカンとする私に向けて、総ちゃんはわかりやすくきっちりと言い放った。

第三話　魚はｋｉｓｓで溺れない

総ちゃんに、デートに誘われた。

嬉しいとか恥《は》ずかしいとかの前に、『なんで？』という疑問しかない。

総ちゃんとのお出かけは、たいして珍しくない。

三佳ちゃんと三人ではあったが、買い物や映画といったお決まりのデートコースならばすでに何度も回っている。

それでも、わざわざ前置きするくらいなのだから、いつもとは違うのだろうか。

約束の時間の十分前。自室を出てドアの前で待っていると、隣の部屋から総ちゃんが出てきた。廊下に出た総ちゃんは、すでに私がいることに少し驚いた様子だ。

「──おはよう。早いな」

白シャツに紺色のパンツ、黒いジャケットを羽織っただけというシンプルな格好ながら、高身長とスタイルのよさが際立っている。

前髪を下ろしているのはオフモードの証《あかし》だ。

「おはよう。だって、総ちゃんはいつも時間前行動が基本じゃない」

「そうか。待たせて悪かった」

ふと表情を緩めた総ちゃんが、なんだか甘く見える。

待ち合わせよりも早く着いて『待った？』『ううん。全然！』なんて、いかにもデートっぽい。

支度を済ませて部屋の中で待つこともできた。隣にいるのはわかっているから、呼びに行くこともできたのにそれをしなかったのは、単に、待ち合わせというシチュエーションに憧《あこが》れていたからだ。

きっとなにか裏があるに決まっている。だけど、どんなに考えても総ちゃんの思惑なんてわかるはずないから、こうなったら割り切って楽しむことに決めた。

――どうせ総ちゃんの奢《おご》りなんだから、いっぱい遊んでいっぱい食べてやる。

「じゃあ、行くぞ」

そう言って、総ちゃんはスタスタと歩き出す。まずは車に乗ってドライブかと思いきや、駐車場はスルーして通りに出た。

表に車が待っていることもタクシーがいることもなく、普通に歩いてどこかへ向かっていく。

「総ちゃん、どこに行くの？」

「まずは駅だな。目的地までは電車に乗っていく」

「――え」

想定外の言葉に思わず足が止まる。

今日の服装は、女の子らしいスカートをチョイスした。もちろん太腿《ふともも》も露《あら》わなミニ丈というわけではなく、レトロな花柄のプリントされたフレアスカートだ。それにカットソーとカーディガンを合わせている。ウエストが締まって細く見えるので、自分では気に入っている。

無難な格好ではあるものの、スカートと電車は私にとって相性が悪い。かなりの確率で、痴漢《ちかん》に遭遇《そうぐう》するからだ。

なにもこんな地味なのを標的にしなくてもと思うが、痴漢《ちかん》からすれば小柄で大人しそうな女性のほうが都合がいいのだそうだ。

わかりやすく目立っているより、そうでもない子のほうがいざというときに逃げられるかららしい。

総ちゃんは、私や三佳ちゃんが女の子らしい服装をするのを嫌っていた。

三人で出かける際には、必ず服装チェックが入る。ミニスカートやショートパンツはもちろん、生足などもっての外。

『そんなに浮ついた格好をして、自分から不審者を呼び込むつもりか？』

検分する目は、それはそれは厳しくて――あんたは風紀委員か、嫁をいびる小姑《こじゅうと》か!?

反論するのも面倒で、総ちゃんの前ではジーンズやパンツスタイルが私たちのデフォルトだった。

それが、今日に限ってスカートを穿《は》いている。もちろん、気合いを入れて洋服を選んだのは馬鹿にされないためだ。

初めて誘われたデートに浮かれているのとは、絶対に違う。

「心配しなくてもいい。そのために俺がいるんだ」

立ち止まった私に総ちゃんが手を伸ばす。そのまま左手を掴《つか》み、ふたたび歩き始めた。

あまりにも自然な流れだったから私も大人しくそのままにされていたけれど、やがて手の平に伝わる熱で手を繋がれていると気がつく。

——ちょっと待ってよ……

いくら子供の頃からの付き合いとはいえ、手を繋ぐのなんてずいぶん久しぶりだ。

小さかった私を導《みちび》いてくれたときとは違う、厚みがあって硬くて大きな手のぬくもりを意識してしまうと、もうダメだった。

次第に、繋がれた手よりも自分の顔のほうが熱くなっていく。

いつまでも子供扱いされたくないと願っていたはずなのに、急な変化に戸惑っている私は、俯《うつむ》きながら黙って総ちゃんについていくしかなかった。

休日とはいえ、駅はそれなりに賑わっている。スーツや制服姿ばかりの平日と違って、行楽地に向かう家族連れやカップルが多いから、人の波もカラフルな色合いでいつもより華やかだ。

「こっちだ」

そこそこ混み合っている電車の中で、総ちゃんは私を乗車口を背にするように立たせた。これならば、背後に誰かに立たれる心配はない。ない、のだが——

「そ、総ちゃん……」

「ん？」

「なんか……近くない？」

私の正面に立った総ちゃんは、まるで囲い込むかのように両腕を私の顔の横に伸ばしている。

周囲から守ってくれているのかもしれないが、すし詰めというほど満員でもないこの状況では、ただのイチャイチャカップルにしか見えない。

……いや、私たちはカップルではないけどね？

離れてと手で押そうとしたが、なぜか総ちゃんに触れることをためらってしまった。

私の目の前には総ちゃんの胸板がある。よく鍛えられた肉体はシャツ越しであっても明らかで、Vネックから覗《のぞ》く鎖骨《さこつ》や首筋の血管が妙に男らしい。

それに、すぐ近くで総ちゃんの息づかいを感じて、顔も上げられない。

――意識するのは、今さらなのかもしれないけど……

それでも、これだけ至近距離で男性と接近するのは思春期以降では初めてだ。父親でさえ、これほど近づいた覚えはない。

「ここまで厳重な警備は必要ないから……」

正面を見ることもできず、目線を泳がせながら呟くと、頭の上でクスッと総ちゃんが笑うのが聞こえた。

「初海があまりにも可愛いから、他の男の目に触れさせたくないんだよ」

耳を疑う台詞《せりふ》に目を見開く。間髪容《かんはつい》れずに、総ちゃんの吐息が耳にかかる。

「――似合ってる」

低くて小さくて、だけど甘い声に背筋が震えた。

気合いを入れてお洒落《しゃれ》をしたのだから、褒められて嬉しくないはずがない。

だけど――こんな体勢で言うのは、反則だ……！

可愛いなんて面と向かって言われるのも初めてなのに、こんな逃げ場のない状況で言われたら、ますます顔を上げられなくなってしまう。

本当に、今日の総ちゃんはいつもと違う。

もしかして、私の知らない男の人なのかもしれない。


ウキウキと楽しげな車内でひとりだけ妙な緊張感に包まれていた私は、その後の道中をあまり覚えていない。ずっと顔を伏せたまま、いくつかの駅を通り過ぎて、やがて辿《たど》り着いたのは海辺の水族館だった。

名前に海の字が入っているせいか、私は海の生き物が好きだ。この水族館は最近リニューアルされたばかりで、いつか来たいと思っていた。

無意識に目を輝かせている私の頭を、総ちゃんがチケットを買ったときにもらったパンフレットで軽く叩く。

「ほら。見たいショーとか魚とかあるか確認しろ。時間はたっぷりあるぞ」

「あ、ありがとう……」

そう言って受け取ってはみたものの……開けない。なぜなら私の片手は、ガッチリとまたホールドされているからだ。

電車を降りたと同時に、当たり前のようにまた手を繋がれた。

同じ場所へと向かう人の波ではぐれてしまわないための配慮だったとしても、そう簡単に慣れるものでもない。

「あの、総ちゃん？　手を――」

「とりあえず進もうか」

確認しろと言ったわりには離すつもりはないらしく、総ちゃんはそのまま手を引いて館内へと続くゲートをくぐる。

まあ、たしかに、入り口付近はごった返しているから立ち止まってのんびりとパンフレットを眺めている場合でもない。

なんて言い訳しているけど、私だってその気になればこの手を振りほどくことはできる。

なんだかんだと理由を探してされるがままになっているのは、この状況に甘えていたい気持ちがあるからだ。

相手が見ず知らずであったり、合コンで知り合ったばかりの人だったら、気持ち悪いと思うだろう。もしも亮ちゃんなら、笑ってしまって数秒も持たない。相手が総ちゃんだから、この手を繋いだままでいられる。

――きっと私は、前からこんなふうに扱われたかったんだ。

妹になりたいと訴えたときから、総ちゃんの特別になりたかった。願いは聞き届けられたけれど、ずっとどこかにコレジャナイ感がつきまとっていた。

――今の私たちは、周りからはどう見えているのだろう？

たとえ今だけとわかっていても、総ちゃんの特別な存在という気分を味わっていたい。

繋がれた手に少しだけ力を込めると、痛くない程度にしっかりと握り返された。

入り口を抜けてすぐは、地域に生息する淡水魚ゾーン。鯉《こい》とか鮒《ふな》とか、色味が少ない。

その次は水生生物。絶滅の危機に瀕《ひん》している珍しい種類らしいが、カエルは正直気持ち悪い。

進むにつれて段々と周囲は暗くなり、お目当ての海水魚が現れる頃には、私たちはいい雰囲気になっていた。

「わあ……！　すごい！」

この水族館で一番大きな回遊水槽は、水面から外の光が取り入れられるようになっている。陽の光を受けてキラキラと輝く鰯《いわし》の大群や色鮮やかな魚たちは、まるで宝石のようだ。

「スーパーに並んでいるとただの食材だが、こうして見ると綺麗《きれい》だな」

「もう！　総ちゃんったらムードない」

水族館の魚を見て食材を連想するのは情緒がない！

いくら色気より食い気の私でも、それは言わない。この先に蟹《かに》や伊勢海老《えび》が待っていたとしても、絶対言わない。

「初海だって海老《えび》とか蟹《かに》がいたら、絶対美味《うま》そうって言うだろ？」

「……だから、言わないってば」

「ちなみに鰯《いわし》料理なら？」

「梅しそフライがいい」

せっかくのムードも台無しの会話である。もう少し考えてほしいものだ。

「でも不思議だね。どうしてみんな同じ方向に進めるんだろう」

鰯《いわし》の群れは水槽の中で大きな渦を巻きながら一糸乱れぬ動きを見せる。

天敵が現れたときに群れを守る行動を本能的にとっているらしいが、どうやって伝達しているのだろう。もしかして魚語があるのだろうか。ぎょぎょっ。

「どこが先頭かもわからないけど、リーダーがいるのかな」

「もしも全員が一匹を追いかけているストーカーだったらどうする?」

「……それ、やだ」

ストーカーなんて、ひとりでも厄介《やっかい》なのに、これだけの数に追われるのは恐怖だ。

「もしくは、先頭の魚なんていないのかもしれないぞ。それぞれが、自分の特別な相手を追いかけているのかもしれない」

——なるほど。総ちゃんも、たまにはいいたとえができるじゃない?

見ようによっては、この鰯《いわし》たちもそれぞれの恋愛模様を繰り広げつつ大きな渦を描いているということか。

「人間の私からすると、見分けはつかないけどね」

何度見ても、私には脂《あぶら》が乗っているかどうかしかわからない。

「ありふれているようでも、見る者にとっては特別ってことだな。初海と同じだ」

——それって、私がモブだってこと?

今さら言われなくとも、自分が地味なことは百も承知だ。総ちゃんが魚なら、単体でお客を呼べるくらい目立つ魚なんだろうけど。

その後もああだこうだと話をしながら、館内をくまなく見て回った。お昼は併設のカフェで食べて、イルカのショーやペンギンの散歩も二回見た。

お土産《みやげ》売り場を物色して外に出る頃には、もう夕方になっていた。

「夕食には少し早いが、一日歩き回って腹が減っているだろう？」

そう言って総ちゃんが向かったのは、水族館の近くにあるフレンチレストランだった。

いかにもといった格式高い雰囲気はないが、店内は海側の半分がガラス張りで、ロケーションを存分に満喫できるようになっている。

夕日が沈みかけた空の下、対岸のビル群にちらほらと灯りがつき始めた景色は、さっき見たクラゲのイルミネーションくらい幻想的だ。

スタッフに総ちゃんが名前を告げると、すぐに席へと案内された。

「もしかして、予約してた？」

「水族館に来ることは決定していたから、こういう店に詳しい知り合いに紹介してもらった」

ワインのリストを受け取った総ちゃんは、流暢《りゅうちょう》な英語で注文を伝える。いや、仏語かもしれない。

「飲むの？」

「そのために電車で来たんだろ」

しばらくして、ウエイターがグラスワインをふたつ持ってきた。

ほんのりと黄色く色づいた液体はシュワシュワと泡が弾《はじ》けているので、食前酒のスパークリングワインだろう。

よく歩いたから喉は渇いている。よく冷えていそうなグラスを見て喉を鳴らすが、あれ、男の人にすすめられたものは簡単に飲んじゃダメなんだっけ？

「これは軽めだから、おまえでも大丈夫だ。でも飲み過ぎるなよ？」

すいとグラスを掲げた総ちゃんに倣《なら》って、私も持ち上げる。

「じゃあ、乾杯」

「……はい」

なにに対する乾杯かはこの際さておき、こくりと一口飲む。ブドウの香りが口に広がり、なるほど、甘くて飲みやすい。

コースは、オードブルに始まり、次いでスープに続く。澄み切ったコンソメスープはインスタントとは全然違って、家庭では出せない味だ。

ポワソンはオマール海老《えび》で、さっきの水族館を思い出してちょっと笑った。

口直しのソルベをいただいたあとで、メインの牛フィレ肉のステーキとそれに合う赤ワインがグラスで運ばれてきた。

ちなみに、魚料理には白ワインだったので、これで三杯目である。

「総ちゃんは、こういうお店によく来るの？」

ステーキは肉厚の割に柔《やわ》らかくて、ナイフで簡単に切れた。中は程よいミディアムレアで、口に入れて一口噛むと、じゅわっと肉汁が溢《あふ》れ出してきた。

「よくは来ないが、ステーキと天ぷらは外で食べるのが一番だな」

曰く、その二つは自分で作るよりもプロに任せるほうが圧倒的に美味《おい》しいそうだ。

上品な仕草でステーキを口に運んだ総ちゃんは、満足そうに咀嚼《そしゃく》してワインを飲む。

その仕草は様になっていて、高級な店に初めて来たような場違いな雰囲気は微塵《みじん》もない。

「総ちゃんは毎回、こんなデートをしてるんだね」

何気なく呟いた言葉に、総ちゃんの手がピタリと止まった。

それから、なんとも微妙な――決してワインの味が気に入らなかったわけではなさそうだけど、苦そうな顔をしている。

「今日のデートは、私の好みに合わせてくれたんでしょう？　普段は他人に興味なさそうなくせして、デートではちゃんとリサーチするんだね」

大方、情報の出所は三佳ちゃんだろう。いつだったか、初デートは水族館に行ってお洒落《しゃれ》なレストランで食事をしたいと話したことがある。

「……食事に出かけたことくらいはあるが、毎回ここまで調べたりはしない」

なぜか目を逸らされたけれど、そんなに狼狽《うろた》える必要があるだろうか？

総ちゃんが誰とデートしたかなんて、私には関係ない。

私たちの男女交際については厳しく口を出しておきながら、と思わないこともないが、三佳ちゃんのようにズルイと非難することもしない。

だって、総ちゃんは私たちよりも先に大人になったんだから、そういうことを経験していてもおかしくはないだろう。

「じゃあ今日は、私のためにここまで付き合ってくれたんだね」

貴重な休みを潰《つぶ》して妹分のために計画を練ってくれたのは素直に嬉しい。

「今日は楽しかったか？」

「もちろん！」

始まる前はどうなることかと思っていたが、特にダメ出しをされることもなく、純粋にデートを楽しめた。

ここでYESと答えたら、『満足したなら当分彼氏はいらないな』とか言われることも考えられたが、素直な感想だったのだから仕方がない。

デートを満喫したことと、恋愛禁止令とは別問題だ。

だけど、総ちゃんが発した提案は、私の予想とはまったく違っていた。

「そうか。じゃあ、今日から俺がおまえの恋人だ」

「――は？」

まぬけな声を上げてしまったのは、理解できなかったからではない。言っている意味はわかるが、なぜそうなるのか理解不能だったからだ。

「冗談でしょ？」

「冗談で言うわけないだろう。それとも不服か？」

どうして私の言葉に対し、そんな意外そうな顔をしているんだ。

私はただ、デートが楽しかったと答えただけなのに……。

——お付き合いってこうやって始まるもの、だっけ？

いや違う。決定的になにかが足りない。

恋愛初心者の私でさえ違和感があるのだから、他の女の人ともデートしたことのある総ちゃんは、私より男女の付き合いについて詳しいはずだ。

それなのに、文武両道で眉目秀麗《びもくしゅうれい》な総ちゃんがいまだにフリーでいるのは、その辺の事情が関係しているのかもしれない。

もしかして総ちゃんには、恋愛感情というものが欠落しているのではないだろうか？

ちょうど、最後のデザートが運ばれてきた。

季節のフルーツがふんだんに使われたタルトで糖分を補給して、気を落ち着かせるためにコーヒーを一口いただく。

「あのね、総ちゃん。私は別に、今すぐ彼氏がほしいわけじゃないの」

私もいつかは素敵な恋愛をしたい。目と目が合うだけでドキドキしたり、相手の姿を常に意識してしまうような、そんな甘酸っぱい体験だってしてみたい。

──そういうのを全部すっ飛ばして恋人になって、なにが楽しい。

「それに、付き合うというのは、お互いがお互いを好きじゃないと意味がないんだよ?」

まさか私が、総ちゃんになにかを教える日がくるとは。しかもそれが、恋愛についてとは……。

人が人を好きになるメカニズムなんてのは知らないけれど、多分理屈で説明できるものじゃない。ただ言えるのは、恋愛で抱く感情は、総ちゃんが私たちに向ける肉親の情とは違っている。

感情が欠落しているかもしれない相手に、果たして上手く伝わっただろうかと内心緊張していたのだが、総ちゃんは深いため息とともに私をジロリと見据《みす》えた。

「なにを、そんな当たり前のことを」

──はい、バッサリでした。

総ちゃんは男女の付き合いというものを理解しているご様子です。

その上で、突然真面目に当たり前のことを言い始めた私に、不満があるようです。

──ちょっと待て。どうして私が、呆《あき》れられなきゃならないの⁉

突然おかしなことを言い始めたのは、そっちなのに!

「それとも、他に好きな男でもいるのか?」

コーヒーを飲みながら私を睨《ね》める表情が、どこか硬い。

「……いないけど」

悲しいかな本当のことを言うと、総ちゃんは静かにカップをソーサーに戻した。

「当然だ。おまえが他の男を好きになるわけがない」

また、ずいぶんな言われようだ。まるで私が人を好きになることのできない人間みたいじゃないか。

反論しようとしたところで、総ちゃんの懐《ふところ》からスマホの着信音が鳴り響いた。

「成瀬です──ああ、大丈夫だ」

電話に出た総ちゃんの表情が、にわかに硬くなる。

それだけで、電話の用件が仕事絡みであることに勘づいた。

「──わかった。では、よろしく頼む」

短い電話のあとで、総ちゃんはウエイターに合図をするとカードを手渡す。

総ちゃんの仕事＝事件だ。いくら非番であっても、ひとたび事件が起きれば出動するのが警察官である。

「すまないが、仕事が入った」

「それはいいけど、総ちゃんこそ大丈夫？」

すでに片付けられているが、食事と共に飲酒をしている。とてもそうは見えないが、酔っ払って出動するのは問題ではないのだろうか。

「現場には行かないし、俺が行かないという選択肢もないから致し方ない。迎えも部下が来るそうだ」

「そっか……」

「どうした？」

「ううん、別に……今から会議って大変だな、と」

総ちゃんのキャリアなら、管理職として人の上に立つのが必然なのだろう。

希望する職場に行けるわけじゃないのは一般の会社でも同じだけど、一時は交番勤務を希望していたのも知っている。

——本当は、自分も現場に出たいんじゃないのかな？

「仕方ない。それが、組織ってもんだから」

小さく笑った総ちゃんは、鍛え上げた肉体に羽織ったジャケットの襟《えり》を正して立ち上がる。

背筋を伸ばしたうしろ姿からは、「戦場」へと向かう覚悟のようなものが感じられて、なんだか少し格好よかった。

お店の外に出ると、辺りはすっかり暗くなっていた。

昼間は賑わっていた町並みも今は静まりかえっている。とはいえ、車の通りもあるし、腕を絡ませて夜の海を眺めるカップルの姿もあるので、閑散《かんさん》としているという雰囲気はない。

「初海」

「なに？」

隣に並んでいる総ちゃんに呼ばれて、顔を上げる。

「おまえは、俺の妹になりたいと泣きついた日のことを覚えているか？」

蒸し返されたのは、私たちが最初に約束を交わした日のことだった。

「覚えてる、けど……」

あれがすべての始まりだから、忘れるはずがない。

助けてくれた総ちゃんから離れたくなくて、駄々を捏《こ》ねた。最初は困惑していた総ちゃんもその内に折れて——あれ？

折れる前にもう一悶着《ひともんちゃく》あったような気がしたけど、なにぶん子供の頃の記憶だからそこまで鮮明に覚えていない。

——だけど、なにかあったような……

記憶を遡《さかのぼ》ってみるものの、思い出せない。そんな私に気づいたのか、総ちゃんは本日何度目かのため息を吐いた。

「まあいい。とにかく、俺は本気だ」

腰を屈めて、総ちゃんの顔が私の近くまで下りてくる。綺麗《きれい》な顔が近づいてきたなと思った次の瞬間、唇に柔《やわ》らかな感触が押し当てられた。

「――な、んんっ⁉」

予期していなかった展開に、目が丸くなる。瞬《まばた》きするのも忘れて、目の前の総ちゃんをただ凝視する。

言わずもがな、ファーストキスだ。

生まれて初めてのキスをしている。

――だから、なんで⁉

その記念すべきファーストキスの相手が総ちゃんなのも、この日このときこの場所で迎えることも聞いてない。

あまりの衝撃に身体はカチーンと効果音がするほど硬直しているのに、唇に触れる温もりだけが妙にリアルだ。

私が抵抗できないでいるのをいいことに、総ちゃんはますます強く唇を押し当ててくる。思わずよろめくと、うしろ頭に大きな手が差し込まれ、さらにキスが深まった。

総ちゃんの顔が傾いて、わずかにずれた唇の隙間から漏れた熱い吐息に、息をすることを忘れていたと思い出した。

——っていうか、苦しい……！

絶妙なタイミングで息継ぎをした総ちゃんと違って、私はいまだに息を止めている。

「——初海。鼻で、息しろ」

ぷるぷると小刻みに震えだした私に、総ちゃんはほんの少し唇を離して言った。

そうだった。人間には、口以外にも酸素を取り込む器官がもうひとつあった。

だけど鼻に頼るよりも、自由になった口からとにかく酸素を求めて、ぷはっと大きく息を吐き出した。

色気がないと笑いたければ笑うがいい。

生死がかかっているのだから仕方がない。

深呼吸を繰り返して息を整えてみたのだけど、少々手遅れだったらしい。急に脚に力が入らなくなって、ガクリと崩れ落ちそうになってしまう。

「おっと」

咄嗟《とっさ》に手を伸ばした総ちゃんに背中と腕を支えられて、なんとか尻もちはつかずに済んだ。

だけど、さっきまで私の唇を奪っていた人が、またすぐそばまで接近していて——

「お子様には刺激が強すぎたか？」

ニヤリと笑ったのだ。

「こ、こここここ……っ!?」

「どうした、急にニワトリの真似《まね》して」

「ち、違う……っ、ここ、外なんだけど!?」

総ちゃんがキスをした場所は、さっきまで食事を楽しんだレストランの駐車場だ。お店から外の様子は丸見えなので、中の人には、なにをしていたか一目瞭然《いちもくりょうぜん》なのである。

公衆の面前で、なんちゅう破廉恥《はれんち》な真似《まね》をしてくれやがる!

「どうせ誰も俺たちのことなんか気にしてない」

「私が、気にするの!」

「そうか。じゃあ続きは、誰の邪魔も入らないところでだな」

私の耳に口を寄せて、そっと囁《ささや》かれた低い声にゾクッとした。

――これは、本当に総ちゃんなの?

彼の目には、情欲を感じさせる炎がはっきりと浮かんでいる。

ここまでされては、私だって考えざるを得ない。

可能性がなかったわけではないけれど、絶対にあるはずがないと、切り捨てていた選択肢だったのに。

もしかして、総ちゃんは私のことを――

そのとき、一台の車が滑り込んできた。黒いセダンの国産車は駐車場を大きく旋回して、私たちの前にピタリと横付けする。

なんという絶妙なタイミングなのだろう。もう少し到着が遅ければ、私は総ちゃんに真意を問いただすことができたかもしれないのに。

だが、運転席から降りてきた美女を見て、そんな気は失せた。

上下黒のパンツスーツに白いブラウスという至って普通の出で立ちに、長い髪をシンプルにうしろでひとつに束ねている。

特筆すべきは、その整った顔立ちだ。大きな瞳とスッと通った鼻とさくらんぼのような唇という完璧なパーツが、見事なバランスで配置されている。

必要最低限のお化粧しか施《ほどこ》されていないのに、地肌の白さときめ細やかさは暗がりでも際立っていた。

ヘッドライトに照らされた中、ローヒールをカツカツと鳴らし歩く姿は、どこぞの女優が現れたのかと思ったほどだ。

「成瀬管理官、お迎えにあがりました」

美女は総ちゃんの前に立つと、軽く頭を下げる。

「わざわざ悪いな」

「いえ。こちらこそ、お休みの日に申し訳ありません」

顔がいい人は声もいい。ミュージカルなら、絶対に男役が似合う。

「管理官、こちらが……？」

美女の視線が私へと向けられる。期せずしてもらった流し目に、同性ながらドキッとした。

「ああ。初海、俺の部下の八乙女《やおとめ》だ」

「八乙女薫《かおる》と申します。お噂はかねがね伺っております」

「は、い。あの、睦永初海と申します……よろしく、お願いします」

八乙女さんに比べて、自分の挨拶《あいさつ》はなんて拙《つたな》いのだろう。そんな私に向けて、ふわりと微笑んだ八乙女さんの、なんと妖艶《ようえん》なことか。

「せっかくお楽しみのところを、お邪魔して申し訳ありません」

「いえ……っ、お気に、なさらず」

恐らく年下である私に対しても、腰の低い態度である。

三佳ちゃんは可愛い系だけど、八乙女さんは間違いなく綺麗《きれい》系だ。同じくクール系美女の七緒さんとはまたタイプの異なる、切れ味鋭いナイフのような美しさだ。

多分、私の理想とする大人の女性像を体現したのが彼女だと、短いやり取りでも理解ができた。

そんな女性が、総ちゃんの部下として常に寄り添っている。

女性にしては高い身長は、総ちゃんと並んでも見劣《みおと》りしない。ピッと伸びた背筋からは、総ちゃんと同じオーラが漂っていた。

こんな美男美女を集めて、警察の上層部はなにを目指しているのだろう？

いやいや、それよりも総ちゃんが私を好きかもって件。もしかしてと思ったが、口に出さなくてよかった。

一瞬だけ勘違いしそうになったけど、危うく赤っ恥をかくところだった。

――だって、これほどの美人がそばにいるのに、わざわざ私を選ぶはずがない。

総ちゃんの隣に立つのなら、ああいう女性のほうがお似合いに決まっている。

私はそう納得し、車に乗り込んだ二人を見送った。

＊＊＊＊

部下が運転する車の後部座席に乗り込んだ総一郎は、渡された資料に目を通しながら考える。

初海と過ごした今日一日は楽しかった。できればもっと……という思いもあるが、刑事という職業柄そうもいかない。電車で帰ると言う初海にタクシー代を握らせ、自分は仕事モードに入る。

「先日発見された女性の遺体から、違法薬物が検知されたんだな？」

「はい。彼女が働いていた風俗店が、暴力団による闇賭博《やみとばく》や薬物売買の拠点になっていたようです。今後、一課とマル暴合同で対策本部を設置する可能性があるため、管理官にも参加してほしいとのことでした」

ハンドルを握る八乙女が、前を見据《みす》えたまま淡々と説明する。

対策本部が設置されれば自分が指揮を執《と》る役割を任される。新入りの能力を試すということになるのだろうが、望むところだ。

「それから、女性には薬物の他に強姦《ごうかん》された痕跡があったようです」

そう言って八乙女は不快そうに顔を歪める。同じ女性として、被害者にいたたまれない気持ちを抱くのは当然のことだ。

「強姦《ごうかん》に、薬物に、殺人の可能性か……とても聞かせられないな」

警察の職に就いて数年が経ち、凄惨《せいさん》な事件現場に遭遇《そうぐう》するのもある程度の免疫《めんえき》ができた。

だが、初海にはこんな話は聞かせたくない。

異性絡みのトラブルに巻き込まれやすい初海には、人一倍神経を尖《とが》らせてきた。俺が交番勤務を希望していたのも、少しでも初海の近くにいたかったからだ。

あいつが緊張感なくのんびりとしているのは、最悪の事態を招かないよう、きょうだい三人で尽力してきた成果である。もちろん、指揮を執《と》ったのは俺だ。

普通あれだけの被害に遭えば、男性恐怖症や人間不信になるだろう。ニュースで取り上げられる事件を聞いて、トラブルの行き先を想像することもある。

だが初海は、自分がそういう目で見られていると思っていない。痴漢《ちかん》や不審者に嫌悪感や警戒心はあっても、性的な対象にされていることについて無頓着《むとんちゃく》なのがその証拠だ。

なにか起これば身体を張って彼女を守り、過保護な注意を繰り返しながら、男性そのものに恐怖を抱かないようケアに努めた。

それは、初海のためだけではない。

そう――他の誰でもない、自分のためである。


はじまりは、幼い初海が連れ去られかけていたのを助けたあの日。

『私を守って。そのためなら、なんでもする』

そう懇願《こんがん》する小学生の初海に、俺は恋をした。

まだ六歳の、弟や妹と同じ歳の少女に、中学生だったこの俺が。

助けたのは本当に偶然だった。たまたま部活が中止になって自宅へと帰る途中で、見覚えのある少女が知らない男に連れ去られそうになっていた。

もともと俺は同年代の子供よりも冷めていて、可愛げもなかった。育った環境などではなく生まれ持った性格だろう。少しばかり出来がよく、何事もそつなくこなせるから、なにに対しても夢中になれなかった。

だが、そのことを問題とは思わなかった。熱くなれないのなら常に冷静でいればいい。心を乱して我を忘れる恐れがないのだから、己を律する道を極めればいい。武道を習い始めたのも、精神鍛錬《たんれん》の一環だった。

しかし、あのときほど武道の心得があってよかったと思ったことはない。

為《な》す術《すべ》なく連れ去られようとしていた初海は、俺の姿を見た途端に暗かった顔をパッと輝かせた。

その瞬間――モノクロだった世界が鮮やかに色づいた。

男に突き飛ばされた初海を受け止めたとき、大事なものを受け取った気がした。

――この小さくてか弱いものを、手放したくない。

すでに思春期を迎えていたというのに、家族以外の他人に初めて芽生えた強烈な感情。

それでも、相手は小学生。自分の気持ちを素直に認めるわけにはいかない。

弟と妹の様子を見にいくことを口実に離れようとする俺に、初海は仲が良いはずの妹たちにまで嫉妬《しっと》して独占欲を露《あら》わにする。

よくある子供のわがままだったとしても、心臓を打ち抜かれるような衝撃と感激を受けたのを今でも覚えている。

それどころか、とんでもないことまで言い出した。

『総ちゃんだけは私のそばにいてほしいの』

小学生らしからぬ殺し文句だと思った。恐らくこの子は、俺にとって天性の小悪魔だ。

なりふり構わず俺を繋ぎ止めようとする必死な姿は、すでにひとりの女だった。

もしも今、彼女の願いを聞けば、これから先ずっとこの子に振り回されることになるかもしれない。

それでも、自分の中でふつふつと湧き上がる欲望に勝てなかった。

――この子を、自分のものにしたい。

だから、妹になりたいと無茶を言う初海に、もっといい方法が他にあると口走った。

そして、彼女に告げたのだ――

『それなら、俺のものになるか？』

意味を正しく理解できずに小首を傾げる様子に、もっとわかりやすい言葉を模索《もさく》して続けた。

『つまり、結婚するってことだ』

『結婚？』

さすがにこれなら意味がわかるだろう。

しかし、中学生の自分が小学生にプロポーズするなんて、変態行為もいいところだ。

気味悪がって逃げ出すかもしれない。だが、それでもいいと思った。

自分の中の感情を抑える自信がない。こんな俺に捕まらないための、自由になるチャンスだ。

なのに初海は——あっさりと首を縦に振った。

『わかった。私、総ちゃんのお嫁さんになる』

そして初海は、俺の手に小さい手を添え、自《みず》らの胸元へと引き寄せる。

『だから総ちゃん、ずっと私のそばにいてね？』

にっこりと微笑む初海は、これまで自分が見たなによりも眩《まぶ》しくて美しくて可愛かった。


——ようやく、機が熟したんだ。

就職して、収入も安定して地位も得た。年齢差を気にする必要もない。

たとえ初海本人が忘れていても、盤石《ばんじゃく》の布陣《ふじん》はすでに配置完了されている。

ふと視線を上げると、バックミラー越しに八乙女と目が合った。

「どうした？」

「いえ……少し、車内が冷えすぎかと」

八乙女はわざとらしく身震いする素振りを見せ、エアコンの設定温度を高めに切り替える。

彼女が気にしていたのが、車内の温度でも書類の確認状況でもないことくらい容易に想像できた。

「そんなふうに俺の様子を窺《うかが》うとは、他人に興味のない君が珍しいな」

「上司からの見合い話や他部署からのアプローチをことごとく断っているあなたが……いえ。そんなあなたが心を砕く相手に興味があったのは認めます」

八乙女が自分の下に就いて三年になる。地方にも同行し、組織の中では互いをよく知る部類に入る。そのため二人の仲を疑う無粋《ぶすい》な輩《やから》もいるが、もちろんそんなことはない。

なぜなら八乙女は、俺の初海への愛情も熟知しているからだ。

「それで、実際に会ってみてどうだった？」

「……あなたが好きそうな、可愛らしい方だと思いました」

優秀な部下からのほしかった評価に、思わず頬が緩む気がした。

「可愛いでなく可愛らしいとは日本語の妙だな。まったくその通りだ。初海は見た目の愛らしさから周囲に愛されるというより、か弱さや気丈に振る舞う可憐さで惹きつけるタイプだ。たとえるなら、雨に打たれる捨て猫や、痩せ細って今にも倒れそうなのに人を威嚇《いかく》する野良猫だな」

「……基本は猫なんですね」

「同じ愛玩《あいがん》動物でも犬ではないだろう？　犬は人間の従僕だが、猫は簡単には懐かないくせに適度に甘えてくるところがいいんだ。気まぐれで、自分から媚《こ》びを売ってこないのに、要所要所は心得ている。だから手放せないんだ」

普段の無口が嘘のようであるのは、自分でも自覚がある。

ずっと隠してきた反動か、亮次郎や三佳、そして八乙女といった事情を知る者の前ではつい饒舌《じょうぜつ》になってしまう。

——変質者から救ったあの日から、初海は俺の特別になった。

できるなら誰の目にも触れさせたくない。一生腕の中に閉じ込めて自分だけのものにしたい。

そんな歪んだ欲望を抱えていることも、ずっと隠してきた。

ニヤリと口角を上げて見せると、八乙女は顔をしかめてエアコンをもう一段階高くする。

「プライベートなことなので口出しはしませんが、せめて人として……警察官としての節度だけは守って下さいね」

ひとりの人間に固執《こしつ》するタイプは、拗《こじ》らせると犯罪に走りかねないことを懸念しているのだろう。

心配せずとも、今さらそんな馬鹿な真似《まね》はしない。

「当たり前だ。こっちはいろいろと年季が入っているからな」

少女だった初海が大人になるまで何年我慢したと思っている。

くだらない犯罪を犯して初海と離れる事態は招きたくなかったし、なにより彼女が自分に正義のヒーロー像を描いているのを知っていたから、今日までいい兄貴分を演じ続けた。

初海が引きつける不審者に、間違いなく俺も含まれているだろう。

――だが、それすらどうでもいい。

この気持ちは初海以外に向けられることはないのだから、迷惑を被《こうむ》るのも初海だけ。

そして初海だって、無意識かもしれないが俺のことを……

こんなふうに初海は、最狂のストーカーにずっと囲われ続けているのだ――

第四話　我慢にも限界はある

「えっ、あれからお兄《にい》と会ってないの？」

数日後のランチタイムの社員食堂。

天井から吊るされたテレビでは、先日遺体で発見された女性についてワイドショーが特集している。

能性が高い。

事件現場となったエリアから察するに、総ちゃんもこの事件の捜査に加わっている可

「事件が解決するまでは本庁に泊まりかぁ。警察も結構、労働環境ブラックだよね」

テレビでは、これまでの経緯をまとめたフリップをめくりながらコメンテーターたちがそれぞれの見解を述べている。それを眺めつつ、三佳ちゃんがポツリと呟いた。

どの番組でも似たような内容しかやっていないのは、捜査に目立った進展がないからだろう。

行方不明になるまでの足跡やら交友関係やら、死後にプライベートを晒《さら》されるなんて、いつ見ても被害者が気の毒でならない。

こうしている間にも、警察は必死に犯人を捜しているのに……

「どうしたの、初海ちゃん。機嫌悪いね？」

「そう？　そんなことないけど」

きっとテレビのせいだと言ったら、三佳ちゃんはどこかからリモコンを見つけてチャンネルを変えた。

「もしかして、お兄《にい》と会えなくて寂しいとか？」

「はあ？　まさか、そんな」

見当違いな指摘に、私は思いきり顔をしかめた。

――寂しいんじゃなくて、釈然としないだけだ。

突然のキスのあと、仕事に向かう総ちゃんにタクシー代を握らされて以来なんの音沙《おとさ》汰《た》もない。

あのキスに意味があったのか、そもそもなんでキスしたのか……。

とにかく、なんの説明もないまま時間だけが過ぎていく。忙しいのはわかっている。だけど、私にはあのキスこそが大事件だ。

恋人宣言の真意だってわからないままなんだから、せめてメールのひとつくらいあってもいいと思う。

「しつこく聞くけど、お試しデートは悪くなかったんでしょう？」

三佳ちゃんには、総ちゃんと水族館に出かけたことは伝えた。

私の理想のデートプランを総ちゃんにバラしたのは彼女だった。どうしてそんなことをしたのかを聞くと、悪びれた様子もなく『そのうち初海ちゃんがお姉《ねえ》になるのかな♪』なんて冗談を抜かすので、全力で否定しておいた。

ちなみに、恋人宣言されたことも、キスされたことも伝えていない。

「三佳ちゃんこそ、どうしてそんなに総ちゃんをすすめてくるの」

「それは、初海ちゃんにお似合いだからよ」

ぶほぉ、と飲みかけのお茶を噴き出しかけた。

――お似合い？　私と総ちゃんが？

そんなわけない。見当違いな発言に目を瞬《またた》かせると、三佳ちゃんはやれやれといった感じで肩を竦《すく》める。

「初海ちゃんは自分で気づいてなさそうだけど、これまでにお兄《にい》や亮次郎以外で親しくなった男の人なんている？　その気になれば男友達くらい作れたのに、それすらしなかったじゃない。私には連絡先を知ってる男の人はたくさんいるんだよ」

――おおう、なんて爆弾発言。

あの過保護な兄たちが聞いたら、それこそ一大事だ。

「たしかに監視の目は厳しかったけど、抜け道はいくらでもあったたってこと。なのに初海ちゃんはお兄《にい》たち以外の男の人を避けてきたのよ。そんなので、いつかは恋人同士の付き合いができる人と出会えるなんて、本気で思ってた？」

「うう……っ」

そりゃあ、私には気軽に遊べる男友達なんてのはいない。

中学校まではクラスの男の子とも普通に会話はしていたけど、連絡先を交換してまで親しくなりたいとは思わなかった。

「まあ、その大半はお兄《にい》のせいではあるんだけどね」

そうだ、私のせいじゃない。

元はと言えば、総ちゃんの過保護が原因なんだから。

「だけど初海ちゃんだってお兄《にい》たちを言い訳にしてきたよね。自由になりたいって言ってるわりに、お兄《にい》の過保護を理由に、男の子の誘いをすげなく断っていたし」

――グサッ。

「それに初海ちゃんは無意識に、他の男の人とお兄《にい》を比べちゃってるじゃない」

――グサグサッ。

突然放たれた三佳ちゃんの毒舌の矢は、見事に私の胸を打ち抜いた。

過保護を鬱陶《うっとう》しいと思いながら、守られることに居心地のよさを感じていたのは事実だ。

三佳ちゃんのように自分から交友関係を広げなかったのも、必要性を感じなかったから。

友達なら三佳ちゃんがいる。男性の助けがいるときは総ちゃんや亮ちゃんがいる。加えて、私に近寄ってくるのは変な人しかいないという決めつけもある。

あの二人に比べれば、周りの男の人たちのスペックが劣《おと》っているのは明白で、わざわざ新たな出会いを求める理由がなかった。

それは楽で安全で、なにより最初は自分から望んだことだった。

他の男の人と上手く話せなくても、三佳ちゃんのようになれなくても、不自由や不都合は全部過保護のせいにしてきた。

――私は、子供だったんだ。

「でも忘れないでね。たとえ選択肢がなくても、お兄《にい》を選ぶかどうか最後に決めるのは初海ちゃんなんだから」

人を指さして決めポーズをしている三佳ちゃんの言い分が、まったくわからない。

まるで私の気持ちひとつで、総ちゃんと付き合えるみたいな言い方だけど、いくら私がその気になったとしても、総ちゃんが本気であるはずがない。

だって私は、総ちゃんから肝心なことを言われていない。

恋人宣言はされても、普通ならお付き合いの前に伝えられるべき言葉を聞いていない。

他人の私を実の妹と同等に大事に扱ってくれたのは、私が三佳ちゃんの幼なじみで親友で、隣に住んでいたからだ。

そんな相手に、恋愛感情を持つと思う?

――答えはＮＯだ。

もちろん、根拠だってある。

「総ちゃんの近くにはものすごく美人がいるんだから。私なんて相手にしないよ」

思い浮かべたのは、先日会った八乙女さんの姿だ。

お似合いと言うなら、彼女のほうが釣り合いが取れている。身近にあれほどの美人がいるのに、わざわざ私を選ぶはずない。

恋人宣言も、不逞《ふてい》の輩《やから》から私を守るには、ただ監視するよりそばに置いておくほうが合理的とでも判断したのだろう。

それは、愛情ではなく過保護だ。だから総ちゃんは、私をひとりの女性として見ているわけじゃない。

「もしかして初海ちゃん、嫉妬《しっと》してる？」

「――はあ？」

三佳ちゃんの一言に、いつの間にか俯《うつむ》いていた顔を上げる。

さっきまで私に毒の矢を放ち続けていた三佳ちゃんは、今回も的中させたと言わんばかりにニヤニヤしていた。

「そっかあ……それを聞いたら、あの人は喜ぶだろうなぁ」

「ち、違うからね？　あの人って誰？」

誰に報告するつもりか知らないけど、頼むから総ちゃんにだけは言わないでほしい。

自分の理想を体現している八乙女さんに憧《あこが》れてはいるが、妬《ねた》み嫉《そね》みはない。百歩譲って羨《うらや》ましいとしても、総ちゃんに知られるのは屈辱《くつじょく》だ。圧倒的な差がある私が嫉妬《しっと》しているなんて勘違いされたら、絶対に馬鹿にされる。

「お兄《にい》の近くに美人がいるのが気に入らなくて、妬《や》いてるんでしょ？」

「だから違うってば！」

――ぐぬぬ、まだ言うか⁉

そりゃあ、私とは宙ぶらりんな状態なのに、八乙女さんと四六時中一緒なのかと思うとモヤッとするのもあるけれど、それとこれとは関係ない。

なのに三佳ちゃんは、どうしても総ちゃんを私の恋愛対象にしたいらしい。

――だったら、私にだって考えがあるんだから。

「二人で盛り上がっちゃってどうしたの？」

ちょうどタイミングよく、ランチを終えた七緒さんが私たちの横を通りかかった。私はチャンス到来とばかりに、空《から》のトレーを持った七緒さんの腕をがっしと掴《つか》んだ。

「七緒さん、次の合コンはいつですか⁉」

もちろん七緒さんは困惑している。だけど、今回は私も本気だ。

私が総ちゃんも、八乙女さんも気にしていないと証明する方法は、これしか思いつかなかった。

「急にどうしたの？　それに、睦永さんは、ちょっと……」

「なんでですか？　もしかしてこの間の総ちゃんの話を気にしてます？」

総ちゃんが引いた予防線がここでも私の行く手を阻《はば》む。そう思うと、ますますムキにならずにいられない。

「あんなの全然気にしないで下さい。私もスイッチが入りました」

総ちゃんに提案された恋人ごっこは、やっぱり受け入れられない。総ちゃんといるのは楽だけど、そんな理由で選んだら、いつか絶対後悔する。

それはこのまま歳を取ったときとか、総ちゃんに好きな人ができたときとか。そしてまた私は、総ちゃんを責めてしまうんだ。

――だけどもう、総ちゃんを言い訳にはしたくない。

いつまでも甘えていられない。もう子供じゃないんだし、違う世界に飛び込む勇気だって持っている。

「次の合コンで、絶対に彼氏をゲットしてみせます！」

「睦永さん、それ、昼間っから堂々と言う台詞《せりふ》じゃ……」

「――絶対に嫉妬《しっと》してるよね」

これだから恋愛初心者はと二人でなんだかコソコソしているけど、折れるつもりはない。

素敵な彼氏を作って、堂々と総ちゃんに自立を宣言してやるんだから！

「睦永さん」

フンとふんぞり返っていたところで、また別の誰かに声を掛けられた。

声の主《ぬし》へと顔を向けると、そこにいたのは営業部の五藤《ごとう》課長だった。

私の所属は総務部だけど、庶務や各課の事務なんかも担当している。だから、営業部の五藤課長とも多少は面識があった。

「お取り込み中に悪いんだけど、今日時間ある？　残業をお願いできるかな？」

聞けば、部署内の勤怠管理の書類の作成に、福利厚生についての資料が必要なのだそうだ。

社員の健康管理や慶弔《けいちょう》関連のまとめは総務部の業務だ。とはいえ、私はデータの打ち込み程度で担当というほどでもないのだけど、確認作業のため何度か営業部に顔を出したことはある。

「残業なら私が代わりましょうか？」

「いいえ、大丈夫です。七緒さんには他にも担当している仕事があるし、私は比較的手が空いているので、私がやります」

総務部の先輩である七緒さんが私の代わりに名乗り出たけど、丁重にお断りした。

気遣いはありがたいが、新人とはいえ私も組織の一員なのだ。せっかくのご指名なのだから、いつまでも先輩に甘えているわけにはいかない。

それに、バリバリ仕事をこなすことも、自立や大人の女性への第一歩だ。

「助かるよ。前に書類を渡したのが睦永さんだったから、多分話が早いと思ったんだよね。よろしく頼むよ」

「承《うけたまわ》りました」

これから外に出かけるという五藤課長の帰社に合わせて営業部に顔を出す約束をして、それまでに準備しておく資料をメモ帳に走り書きする。こうやって段取りをつけているだけで、いつもより仕事しているっぽい。

「今の、営業の五藤課長ですよね？」

簡単な打ち合わせを終えて課長が去ったあとで、三佳ちゃんが小声で私たちに確認してきた。

三佳ちゃんは受付嬢だから、社内の管理職とはあまり面識がない――と思いきや、そんなこともなかった。

アポイントメントの確認なんかで連絡を取り合うから、私よりも情報通だった。

三佳ちゃんが言うには、五藤課長は営業の中で、あまり評判がよくないらしい。一応管理職ではあるのだけれど、窓際社員なんだそうだ。

「管理職にしては若いほうですよね？　それなのに窓際ってことは、なにか問題でも起こしたんですか？」

三佳ちゃんの質問に思い当たる節があるのか、七緒さんが難しい顔になる。

「私も詳しくは知らないけど……あの人の女癖の悪さは聞いたことがあるわ。あくまでも噂レベルだけど、睦永さんもくれぐれも気をつけてね」

そう注意を促《うなが》されたけれど、どこか私には実感がなかった。

五藤課長には、地味で冴《さ》えない人といった印象しかない。そんな人が女癖の悪さで噂されるなんて、人は見かけによらないのだとつくづく思った。

ひとまず『気をつけます』とは答えたものの、いわゆる女好きの男の人が私なんかを相手にするわけがないだろうと高をくくっていた。


そうして午後は通常業務をこなしつつ頼まれた資料を集めて、指示がくるのを待った。最初から残業を言い渡されただけあって、五藤課長の帰社は遅れている。定時を過ぎ、残っていた同僚もひとりまたひとりといなくなっていく。

七緒さんは最後まで心配そうにしていたけれど付き合ってもらうのは申し訳なくて、トラブルが起きたときはすぐに連絡を入れることを約束して帰ってもらった。

いよいよ私以外には誰も残っていないとなったところで、五藤課長からの内線が入る。呼び出されたのは営業部のオフィスではなく資料室。不足している書類があればすぐに閲覧《えつらん》できるようにとの配慮だった。

「やあ、待たせてごめんね」

両手いっぱいに書類を抱えて指定された資料室へと入ると、すでに五藤課長が待っていた。

「いえ。こちらこそお待たせして申し訳ありません」

両手が塞《ふさ》がっている私の代わりに、課長が扉を閉めてくれた。

私はお礼を言いながら、部屋の真ん中に置かれた長テーブルに、持っていた荷物をドサドサと下ろす。

「事前に指定されたものは準備しておきましたので、確認して下さい」

「ああ、ありがとう。助かるよ」

そう言って課長は、私の隣に立って書類をパラパラとめくり始める。

そこでようやく、違和感に気がついた。

「あの、課長？　ここで作業をするんですよね？」

古い資料を保管しておくだけの部屋だから、イマドキのＬＥＤライトではないが、少しだけ暗い蛍光灯の明かりはある。長テーブルと椅子もある。

だけど、テーブルの上にはなにもなかった。

普通は、ノートＰＣとか、書類を作成するためのツールがありそうなものなんだけど。

「ああ。パソコンはいらないんだ。それより、昨年度の資料はどこかな？」

「それでしたら――」

課長に聞かれた資料を見つけて、ページをめくって差し示す。

ただそれだけのやり取りが、その後も数回続いた。はっきり言えば、自分で読めばわかる単純な作業である。

——もしかして五藤課長って、なんでも人任せにする人？

いるんだよな、自分ではなにもせずに全部聞いてくる人って。

それに、いくら資料を覗《のぞ》き込むとはいえ、ちょっと距離が近すぎる。

そんなに狭苦しい空間でもないのに、五藤課長の肩は私の肩にくっついている。遠くのものを取るふりをして離れてみても、またすぐに近づいてきて横につかれた。

「あの、課長——」

「睦永さんて、彼氏がいないの？」

さすがに離れて下さいとお願いしようとしたら、肩をピタリと寄せた課長がおもむろに切り出した。

結構な至近距離に課長の顔があるので、おいそれと動かすわけにもいかない。

「課長、それはセクハラになりますよ」

「昼間に社員食堂で大きな声で宣言してたじゃないか。合コンに行きたいんだって？」

迂闊《うかつ》にも、セクハラの種を蒔《ま》いていたのは自分だった。

リラックスしたいのか、課長は自分のネクタイの結び目に指を掛けて緩め始める。

「実はさ、前から睦永さんのこと、ちょっと気になってたんだよね。彼氏がほしいなら、俺と付き合わない？」

「ええ⁉　……お断りします」

記憶にある限り、男性から交際を申し込まれたのはこれが初めてなんだけど、その相手が四十路《よそじ》のオジサンというのは非常に残念である。

総ちゃんから恋人宣言はされたけど、あれは好意を示されていないので数には入れない。

ただ、課長から示されたのも「ちょっと」気になっている、という気持ちだけ。その程度でホイホイとお付き合いするほど、私だって安くはないのだ。

「そんな冷たくしなくても、まだ俺のことをよく知らないじゃない」

「か、課長だって、私のことよく知りませんよね？」

「だからこうして、仲良くなろうとしてるんじゃないか」

逃げ腰で席を立ち、さらに身体を離そうとしたら、伸びてきた手にグイと腰を抱かれた。途端に、ぞわぞわとした悪寒で全身に鳥肌が立つ。

「やめてください。これ以上したら、大声を出しますよ？」

「出してみなよ。どうせ君みたいな子の声なんて大したこと……」

「うぎゃあああああっ！　誰か、来てぇぇぇぇぇ！」

――はい。渾身《こんしん》の力を込めて、お腹の底から叫びました。

こちとら場数を踏んでいるんだ。

至近距離での大声は効いたらしく、怯《ひる》んだ隙に出口に向かってダッシュする。

そのままドアノブを掴《つか》んで廊下に飛び出そうとしたのに――あ、開かない!?

無情にもドアは、ガチャガチャと音を立てただけだ。

――ちくしょう、鍵をかけてやがった!

だが外から施錠《せじょう》されているわけじゃないから、捻《ひね》れば簡単に解錠できる。

しかし、急いで鍵を回そうとした手は、うしろから伸びてきた課長の手によって阻止され掴《つか》まれた。

やはり、大声だけでは大したダメージは与えられなかった。

「ったく、油断した。でも、誰も来ないよ? ここはほとんど使われていない部屋だし、この時間に社内に残っている人数もたかが知れてるからね」

掴《つか》まれた手をひとまとめにされて、壁に押しつけられた。こんなにも嬉しくない壁ドンは他にはない。

「意外だな、君はもっと大人しいと思ってたんだけどね」

「人は見かけによらないって言葉、そっくりそのままお返しします」

私だって、課長がこんな人だとは思わなかった。これは女癖が悪いどころじゃない、立派に犯罪だ。

掴《つか》まれた手はビクともしないし、こうなったら奥の手で男性の大事なところを蹴り上げるしかないのだけれど、あまりにも距離を詰められているので上手く狙いが定まらない。

しかも、そうこうしている内に私の脚の間に課長の片脚が滑り込んできて、最後の手段も防がれてしまった。

——どうしよう!?　こういうときの対抗策なんて、知らない！

私が護身術を習いたいと言い出したら、総ちゃんはいい顔をしなかった。どうせ私が覚えたところで、総ちゃんほど体格差のある相手では敵《かな》わないけど、課長くらいなら投げ飛ばせたかもしれない。

このピンチをどう乗り切ろうかと頭をフル回転させていたら——急に、怖くなった。

だって、痴漢《ちかん》に触られるよりも、暗がりに連れ込まれそうになるのよりも、状況はずっと悪い。思えば、ここまで最悪の事態に陥《おちい》ったことなど一度もなかったのだ。

なにかあればいつも総ちゃんが助けてくれた。総ちゃんがいないときは、三佳ちゃんや亮ちゃんが。だから私は、本気で護身術を習うまでに至らなかった。

だけど今、総ちゃんはいない。援護も望めない。

「課長、冗談は……やめて、ください」

目の前でハアハアと繰り返される息づかいが、とてつもなく気持ち悪い。それでも我慢して虚勢を張る私を、課長は満足そうに見つめながら薄ら笑いを浮かべている。

「急に弱気になってどうしたの？　でも、そのほうが君らしいよ。そういうところが気に入ったんだ。大人しい子は従順だからね」

この人には私がどう見えているのだろう。

親しくもないのに、私を大人しくて従順だと決めつけている。そんな妄想で、勝手に私を創り上げないでほしい。

「変なことしたら、警察に訴えますよ？」

このまま黙って乱暴されるつもりもないし、もしものときだって泣き寝入りなどするもんか。

ガタガタと震え出す身体を必死で抑えながら睨《にら》みつけるが、課長はハッと笑い飛ばす。

「彼氏がほしいと公言していたじゃないか。それなら俺と楽しもうよ」

――私がほしかったのは、あんたみたいな彼氏じゃない！

素敵で、格好よくて、総ちゃんにも自慢できる相手でなければ意味がない。

私よりも高い位置にある課長の顔が段々と私に近づいてくる。はっきり言ってキモイ。

こんな人に唇を奪われるなんて死んでもご免だ。

ぐっと奥歯を噛みしめながら一度俯《うつむ》いたのち、勢いよく顔を上げる。

くらえ！　渾身《こんしん》の――頭突き！

「――痛ってぇ！」

ゴチンとうしろ頭に鈍い痛みが走る。

狙い通り、私の後頭部が見事に課長の顎《あご》にぶち当たった。

腕を拘束していた手が緩んだ隙に、慌てて脱出する。だけど、脚の間に課長の脚が入り込んでいたのを、すっかり失念していた。

「きゃ、ああっ⁉」

課長の足に、私の足が見事に引っかかった。しかもそのまま足払いされて、どさっとその場に倒れ込む。さらに悪いことに、よろけた課長も私の上へと覆《おお》い被さってきた。なんてこった、これでは壁ドンから床ドンにチェンジしただけではないか。

「くっ……このアマ」

上着のシャツが引っ張られて、ビッという鈍い音と共にボタンが弾《はじ》け飛んでいく。

「い、嫌……っ！　誰か、助けて！」

「うるさい、どうせ誰も来ないんだから大人しくしてろ」

血走った目で胸元を見据《みす》えた課長が、ごくりと喉を鳴らした。

「へへ……顔の割には、いい身体してるじゃねぇか」

破れた衣服からは、膨らみを包んだ下着がはっきりと見えていた。

痴漢《ちかん》にお尻を触られたことはある。そういうとき、奴らはだいたい背後からやって来る。

だから、こんなふうに真正面から不躾《ぶしつけ》な視線に晒《さら》されたのは初めてで、嫌悪感から強烈な吐き気を覚えた。

「嫌だあ……っ！　やめて、やめてよ！」

こんなとき、映画やドラマなら正義のヒーローが駆けつけてくれる。扉に鍵がかかっていても、蹴破るなり銃で撃ち壊すなりして助けてくれる。

だけど、私と課長の二人だけの密室には、抵抗する私と興奮する課長の荒い息づかいが満ちていた。

「騒ぐなよ。傷物にされたと知られて、困るのは女のほうだろう？」

——悔しい、悔しい、悔しい！

勝手な思い込みを押しつけられて襲われて、このままではなにもかも奪われてしまう。

なのに私は、あまりにも無力だ。

「助けて……総ちゃん」

こんなときでさえ、私の頭には総ちゃんのことしか浮かんでこない。

甘えたくないとか、今度こそ自立するとか息巻いておいて、我ながら都合がよすぎる。

それに、どんなに助けを求めたところで現れるはずがない。

それでも頼ってしまうのは、あれほど強くて頼もしい存在は、総ちゃん以外にいないからだ。

「総ちゃん、総ちゃん、総ちゃん——！」

——ガシャン！

私の叫びに共鳴するように、資料室の扉についていたすりガラスが、かち割れた。

「な!?　誰だ!?」

驚いて振り返る課長の背中越しに、割れた破片が飛び散るのが見えた。そして割れた窓の隙間から、武骨そうな大きい手がぬっと差し込まれる。

私の大声でガラスが割れたのではない。誰かが、外からガラスを素手で割ったんだ。

そしてあの大きな手の持ち主を、私は知っている……。

窓の外からスーツの肩口まで差し込まれた手は、迷わずドアノブまで伸びて内鍵を解除する。

ガチャリと勢いよく開け放たれた扉の向こうには、総ちゃんが立っていた。

「初海！　無事か!?」

いつもはきちんとうしろへ撫でつけられている前髪は乱れ、肩で息をしている総ちゃんは、押し倒された私を見るなり猛然とダッシュする。

次の瞬間、覆《おお》い被さっていた課長の身体が宙を舞う。

「ぐえっ」

私の横に転がった課長が潰《つぶ》れたカエルみたいな悲鳴を上げる。脇腹を押さえて悶絶《もんぜつ》しているから、いとも簡単に総ちゃんに蹴り上げられたようだ。

「初海！」

課長の代わりに、せっぱつまった顔の総ちゃんが目の前に現れる。その姿を見ただけで、縋《すが》り付きたい衝動に駆られた。

――ああ、やっぱり……

総ちゃんは、私のヒーローだった。


総ちゃんの乱入に慌てふためいた課長だけれど、なにしろ相手が悪かった。現職の警察官に現場を目撃されては言い逃《のが》れはできない。

それでも往生際《おうじょうぎわ》悪く『俺は悪くない』『その女が誘ってきたんだ』と喚《わめ》き散らしていた。しかし、『言い訳は署で聞く』という決め台詞《ぜりふ》と共に、総ちゃんが呼んだ別の刑事さんによって連れていかれた。

「管理官ともあろう人に、勝手なことをされては困ります」

すれ違いざまにそう呟いた人がいたけれど、総ちゃんは涼しい顔で聞き流していた。

私は、破れた衣服を隠すために総ちゃんが掛けてくれたスーツを羽織り、黙ってうしろに控えていた。片手でスーツの合わせを押さえ、もう片方は、しっかりと総ちゃんの手に繋がれている。

結んだ手をチラリと見た刑事さんが一瞬ギョッとした顔をしたものの、なにも言わずに課長を連れて廊下の角を曲がる。

入れ替わりで現れたのは、八乙女さんだ。

「私はここの後処理が終わり次第、このまま本庁に戻ります」

「いや、君は連日働きづめだから、今日はもう自宅に帰るといい」

車のキーを差し出した八乙女さんに、総ちゃんが片方の手を上げて受け取る。

さすがにいつまでも繋ぎっぱなしはみっともない。それも、総ちゃんの部下の前で。

さりげなく手を解《ほど》こうとするのだけれど——外れない。逆にしっかりと握り返される始末だ。

「あの、総ちゃん？　手を——」

「八乙女、あとは俺がやる。聴取《ちょうしゅ》は自宅でも問題ないだろう」

「そうでしょうね、私から話はつけておきます」

二人とも、繋いだ手をまったく意に介さずに話を進めるとはどういうことでしょう？

さも、保護された子供と手を繋いでいるとでも言うような？

助けてくれてからずっと、総ちゃんはなにも言わない代わりに私の手を握っている。

いたたまれない気持ちはあるものの、さっきまで不安と恐怖に支配されていた私には総ちゃんの手から伝わる温もりが心地いいのも事実で、結局は総ちゃんが手を離さないことを言い訳にしてそのまま大人しく従うことにした。

定時を過ぎていたため社内に残っている人間は多くはなかった。

だけども、騒ぎになったからにはそれなりの人数は集まってきている。

私にも説明責任はあるのだろうけれど、今日はひとまず任せてくださいと言う八乙女さんに促《うなが》され、総ちゃんに手を引かれて地下の駐車場へと移動し、総ちゃんの運転する車に乗って会社を出た。

車内でも、総ちゃんは終始無言だった。でもそれは、嵐の前の静けさである。

きっと自宅に戻った途端、過去最大級の雷が落とされるだろう。どうして毎度毎度こうも迂闊《うかつ》なんだとか、簡単に男と二人きりになってとか、言われるであろうことも予想がつく。

好《この》き好んで招いた事態ではないけれど、今回ばかりはつけ込まれる隙を与えた自分にも非があることは明白なので、お説教を甘んじて受けるしかないだろう。

それに、総ちゃんの雷を受けるのも、無事だったからこそできるのである。

私と総ちゃんの二人きりの空間も、重苦しい沈黙も、心の準備を整えるための時間と思えば苦にならなかった。

自宅に着いてからも、総ちゃんの雷はすぐには落ちなかった。

「とりあえず、シャワーでも浴びてさっぱりしてこい」

部屋に入るなり、総ちゃんは私を脱衣場へと押し込めた。

てっきりそのまま正座させられて話が始まると思っていたから拍子《ひょうし》抜けしたけれど、鏡に映った自分を見て、後回しされたのにも納得ができた。

髪はグチャグチャで、メイクもボロボロ。シャツはブラジャーが見えるまで裂かれている。これでは、あまりにも憐《あわ》れすぎて総ちゃんも怒る気が失せたのだろう。

ボタンのなくなったシャツに手をかけたとき、一瞬だけ触れた課長の手を思い出してまた気持ちが悪くなったけど、極力思い出さないようにして急いで脱いでゴミ箱に押し込む。

メイクを落とし、熱めのお湯を浴びて、念入りに身体を洗った。なにもかも、泡と一緒に流れてしまえばいいんだ。

シャカシャカと小気味よいリズムで髪を洗っていると、玄関のドアが開閉する音がした。

私がお風呂を使っている間に、総ちゃんも自分の部屋に戻ったらしい。

しばらくすると、隣の部屋からも水が流れる音が聞こえてくる。壁を一枚隔《へだ》てた向こうで総ちゃんもシャワーを浴びていると思うとなんだかくすぐったいが、すぐ近くに気配を感じることにひどく安心できた。

パジャマに着替え、ベッドに座って濡れた髪を拭《ぬぐ》っていると、ふたたびドアが開いて洗いざらしの髪にシャツとスウェットパンツというラフな格好の総ちゃんが戻ってくる。

「腹は減ってないか？」

問いかけに無言で首を横に振る。

そうか、と短く応《こた》えた総ちゃんは、キッチンの戸棚から小鍋とマグカップを取り出して、ミルクを温め始めた。しばらくして、適温になったホットミルクを手渡される。

「それを飲んで、今日はもう寝ろ。眠れないなら、寝付くまでそばにいてやるから」

「……なにも聞かないの？」

てっきり叱責《しっせき》されるとばかり思っていたから、この対応は予想外だった。私の隣に腰を下ろした総ちゃんが、軽く息を吐く。

「怖い目に遭ったばかりのおまえを追い詰めるほど、俺は非道じゃない」

そうだった、総ちゃんはただ厳しいだけの人じゃない。私が本当に落ち込んでいるときは、落ち着くまで甘やかしてくれる人だった。

「どうして私があそこにいるってわかったの？」

「初海が狙われているかもしれないと三佳から連絡が入った。あの時間にもまだ会社に残っていると教えてくれたのは緒方さんだ」

「七緒さんまで？」

いつの間にそこまで親しくなったのかと思ったら、総ちゃんが社内でのお目付役を依頼したその日のうちに、連絡先を交換していたのだそうだ。

「総ちゃん、仕事は？　大きな事件の捜査の真っ最中なんじゃないの？」

「ああ、ニュースを見たのか。おまえは残業中で知らないだろうが、容疑者が逮捕された。それで今夜は帰れる予定だったんだ。三佳たちから連絡をもらって、最初は会社の外で待とうと思ったが、嫌な予感がした。そうして社内を探している最中に、微《かす》かだがおまえの叫び声が聞こえたんだ。諦《あきら》めずに、よく頑張ったな」

くしゃりと頭を撫でる手が、ひどく優しい。だけど、その優しさが余計に辛い。

「……私、仕事を頼まれて、嬉しかったんだ。大きな案件じゃないけど、一人前と認められた気がしたの。それなのに、酷いよね。他の仕事を切り詰めてまで準備万端《ばんたん》にしてたのに、馬鹿みたい」

ほんの些細《ささい》な仕事でも、結果を残していけば私にとって財産になる。そうやって少しずつステップアップすれば、自立した大人の女性になれると思った。

だけど課長は、私の能力を見込んでくれたんじゃなかった。

「今回の件は特殊な例だ。おまえの仕事に対する姿勢は間違ってない」

軽く頭に手を添えられ、総ちゃんの肩にもたれるように引き寄せられた。課長に触れられるのはあんなにも嫌だったのに、総ちゃんだと安心する。

ゆっくりと背中を撫でられるのも、嗅《か》ぎ慣れた匂いに包まれることも、私が傷つくたびに繰り返されてきた。

総ちゃんの腕の中に収まっていれば、私は安心できる。総ちゃんの腕の中は、いつだって無条件に甘えられる場所だ。

「私は、総ちゃんに迷惑かけてばかりだね」

「俺は迷惑だとは思ってない」

「そんなに甘やかさなくてもいいよ」

「甘やかすに決まっている。俺にとって、おまえは特別なんだから」

泣いている子供が親にあやされているみたいな状況だから、そこに恋愛感情が含まれているとは微塵《みじん》も思わなかった。

私はまだ子供だ。どんなに強がっても、所詮《しょせん》は背伸びしすぎていたと思い知らされた。

「やっぱり、総ちゃんとは恋人にはなれないや」

私の言葉に、総ちゃんの身体がピクリと揺れる。背中に触れていた手が、若干強張《こわば》ったような気がした。

「血は繋がってないけど、よくて妹止まりだよ。私は総ちゃんになにも返してあげられないから、恋人なんて務まらない」

「……俺は、物や金がほしいわけじゃない」

「恋人に物理的な見返りが必要だと思ってるわけじゃないよ？　だけど、お互いがお互いのことを必要だと思うから、一緒にいるものでしょう？」

でも、私たちの関係は相互関係じゃない。

私が総ちゃんにそばにいてと願ったのは、勝手なわがままだった。総ちゃんはそれを受け入れて私を庇護《ひご》の対象にしてくれたけど、私はなにも返せていない。

「私は総ちゃんに助けてもらっているけど、総ちゃんには返せない。私といても、総ちゃんのためになることなんてひとつもない。だから、恋人にはなれないよ」

総ちゃんが私の面倒を見てくれていたのは、私に比べてずっと大人だったからだろう。本来は、肉親にだけ向けられていた無償の愛を、他人の私にも分けてくれたことは素直に感謝しなくちゃいけない。

「そんなことはない。それに俺は、おまえを妹だと思ったことは一度もない」

「え……？」

総ちゃんの言葉に、今度は私が固まった。

だって、まさか妹とも思われていなかったとは考えてなかった。これは地味に――いや、かなりショックだ。

「……じゃあ、なんで？」

なんとか絞り出した声は、若干震えていた。

「もちろん理由はある。でも、続きは今度にしよう。おまえは疲れてるんだから、今日はもう寝ろ」

様子の変わった私を気遣ってくれているのだろう。話を終わらせようと、マグカップを受け取るために総ちゃんの手が伸びてくる。

「大事な話の途中で、眠れるわけがないじゃない……」

伸びてきたその手を掴《つか》んだ。

総ちゃんは眉間に皺《しわ》を寄せて、怪訝《けげん》そうにしている。

「初海？」

「総ちゃんと私は今、恋人なんだよね？　だったら……恋人らしく、慰《なぐさ》めて」

恋人にはなれないと自分から言った舌の根も乾かないうちに、我ながら勝手なのは承知している。妹扱いが嫌だと思っていたのも覚えている。

だけど私はどうしても知りたい。

総ちゃんが恋人になると言った理由を。特別の意味を。

もしも総ちゃんが私を好きなら——私を、求めてくれるはずだ。

胸の奥がざわざわと落ち着かないのは、柄《がら》にもないことを言ったせいだろうか。もしくは、拒絶されることへの不安かもしれない。

それでも感情に蓋《ふた》をして、挑むように睨《にら》みつける。

「無茶を言うな。さっきあんな目に遭ったばかりのおまえに、そんな真似《まね》ができるか」

ため息の混ざった呆《あき》れた声に、私の中でなにかが弾《はじ》けた。

掴《つか》んだ手を思いきり引っ張っても——総ちゃんはビクともしないので、勢いをつけて私のほうから立ち上がり、総ちゃんの唇に自分の唇を押し当てた。

ファーストキスのような柔《やわ》らかさなんて感じる暇もない。短い、衝突事故のようなキスだ。

触れ合った唇よりも鼻に当たった眼鏡のフレームのほうが痛い。それでも、的《まと》は外さなかった。課長にくらわせた頭突きといい、もしかしたら私には射撃の才能があるのかもしれない。

「おまえは……っ」

不意をつかれた総ちゃんは、珍しく慌てた声と表情で私を引き離そうとする。そうはさせまいと、総ちゃんの胸にギュッとしがみつき、額《ひたい》を押しつけた。

「……他の人に触られて嫌だったんだよ。総ちゃんが、慰《なぐさ》めて」

しばしの沈黙の間、ドキドキとうるさい心臓の音だけが耳に響く。それは、どちらのものなんだろう。

やがて、総ちゃんの身体からスッと力が抜けた気がした。

ベッドの横の机にマグカップが置かれ、私の両肩に大きな手が添えられる。

長い指が顎《あご》にかかる。ひと目見ただけで背筋がゾクリと震えるほど、目を熱っぽく潤《うる》ませた総ちゃんが、すぐ近くから私を見下ろしていた。

「こっちは理性を総動員していたのに——煽《あお》ったのは、おまえだからな?」

壮絶な色気を放つ総ちゃんが、私の唇をそっと塞《ふさ》いだ。

ゆっくりと身体がうしろに傾く。背中がベッドに触れると同時に、合わさった唇の間から、ぬるりと舌が入り込んだ。

「ふ、あ……ん……」

深いキスにどう応《こた》えればいいのか戸惑っている間に、総ちゃんの舌が私の舌に辿《たど》り着く。

それは温かいというよりも、熱かった。舌先でくすぐられ、抱き締めるように絡みつき、ぬるついた舌が交わり合う。

この前よりもずっと深い口づけなのに、息苦しさは感じない。

時々、どちらのものかわからないくぐもった息が漏れるけれど、唾液すら貪《むさぼ》り合っているのだから、顔に息がかかるのなんて気にする余裕もなかった。

私の頭を抱え込みながら舌と唇を滑らせる総ちゃんだけど、荒々しいわけではない。

労《いたわ》り慈《いつく》しむようなゆったりとした舌の動きに、総ちゃんの背中に回した私の手から自然と力が抜ける。

溶かされているような感覚で、強張《こわば》っていた全身が弛緩《しかん》していく。ついには手を挙げてしがみついているのも億劫《おっくう》になって、解《ほど》けた腕がぱたりとベッドの上に滑り落ちた。

それを待っていたかのように、最後にちゅ、と軽く舌を吸い上げた総ちゃんが唇を離す。

ゆっくりと離れた総ちゃんの目が、私の顔のすぐ下を向いていた。

総ちゃんの指が、パジャマの一番上のボタンにかかる。そのとき指の先端がわずかに首元の素肌に触れて――思わず、身体が跳ねた。

すぐに総ちゃんの動きが止まり私を見る。

眉間に皺《しわ》を寄せて気遣うような顔をしているのを見た途端、申し訳なさでいっぱいになった。

「ごめ……っ、違うから」

総ちゃんと課長とでは違うのに、反応してしまうだなんて。

ずれた眼鏡のフレームを直しながら、総ちゃんが何度目かのため息を吐く。

「無理するな。今ならまだ止《や》められるから」

さっきまであんなにも情熱的なキスを交わしていたのに、案の定いとも簡単に私から離れていこうとした。

「――イヤ」

私は手をふたたび持ち上げて、総ちゃんの腕を掴《つか》んでイヤイヤと首を振る。

まるで駄々っ子だと自分でも気がついたけれど、本心なのだから仕方がない。

「いい加減に聞き分けろ」

総ちゃんの声に、ほんの少し苛立ちが混ざる。

――今、私に手を出そうとしないのは、女としての魅力がないからではないとキスされたことでわかった。自惚《うぬぼ》れかもしれないが、さっきのあれは本気のキスだった。

だからこそ余計に、今は総ちゃんと離れたくない。

「イヤ。さっきも言ったでしょう？　課長に触られて嫌だったの。だから、総ちゃんが上書きしてよ」

それ以上に、総ちゃんが私から離れていくのがたまらなく嫌だった。総ちゃんの妹になりたいと言ったときも、同じような理由で繋ぎ止めようとしたかもしれない。

とはいえ、今の私は幼かったあのときとは違う。

お願いだから――私を、ひとりの女性として見てほしい。

「だったら、自分でボタンを外せ」

「――へ？」

祈る気持ちで待っていたから、告げられた言葉をすぐには理解できなかった。

一度は起き上がろうとした総ちゃんが、ふたたび近づく。

私の顔の横に両手をついて、覆《おお》い被さるギリギリの距離を保ちながら、眼鏡のレンズ越しに真っ直ぐ私を見下ろしている。

「弱っているおまえにつけ込むつもりはなかったが、俺にも我慢の限界がある。おまえが本当にいいのなら自分で脱いでみろ。そのときは、俺ももう遠慮はしない」

経験皆無《かいむ》の私に自分で脱いでみろとは、なんたる鬼畜。

甘えさせモードは、いつの間にかオフになっていたらしい。それくらいに総ちゃんをイラつかせた自覚はある。

多分これが、総ちゃんが残した最後の逃げ道なのだろう。

素直に『私が悪うございました、調子に乗ってごめんなさい』と謝れば、きっと総ちゃんは見逃《みのが》してくれる。

それに、こんなことは、こんなふうに始めるべきものでもない。

だけど頭ではわかっていても、どうしても抗《あらが》いたい自分がいる。

――私を見つめる総ちゃんから、目が離せない。

冷たいレンズの向こうにある瞳には、明らかに情欲の炎が燻《くすぶ》っている。その炎に焼き尽くされたいと、身の程知らずにも思ってしまった。

他の誰でもない、総ちゃんに女としての自分を望まれている。それを知って、後戻りなんてできるわけがなかった。

総ちゃんの視線を痛いほど浴びながら、パジャマのボタンに手を掛ける。ひとつずつ外されるたびに胸の鼓動が大きくなって、まるで心まで裸にされているような――実際に裸になろうとしているのだけれど、奇妙な緊張感に包まれていく。

全部のボタンを外すまでには、ずいぶん時間がかかったと思う。

その間、総ちゃんは微動だにせず私をじっと見据《みす》えていた。

パジャマの下は当然裸――というわけでもない。就寝用のブラトップを身につけているので、私の素肌はいまだに隠されたままだ。

――もしかして、これも自分で脱がなきゃいけないのかな?

そんな考えが頭を過《よぎ》ったとき、動かない鳥として有名なハシビロコウ並みに微動だにしなかった総ちゃんの顔がゆっくりと耳元まで落ちてきた。

「――どこを、触られた?」

低く囁《ささや》かれた声と耳にかかる吐息に、身体が小さく反応する。

だけどもう、総ちゃんが止まることはなかった。薄皮一枚程度の絶妙な距離に寄せられた唇が、首筋を這《は》って鎖骨《さこつ》のくぼみを掠《かす》め、膨らみの始まりのところに吸いついた。

チリ、と肌に痛みが走る。

総ちゃんに吸い上げられた場所には、鬱血《うっけつ》したような赤い痣《あざ》がついていた。それは一箇所では終わらなくて、破れたシャツから覗《のぞ》いていた肌のあちこちに次々と散っていく。

「や、待って……！　そんなに」

これが世に言うキスマークというものだろう。

今までも知っていたけど、改めてどういう過程でつけられたものかを考えたら、この場所にこの数は非常にマズイ。

日頃から肌を露出する格好は控えているが、会社の更衣室での着替えなどで下着姿になることもある。

見る人が見れば、私の身になにがあったのか一目瞭然《いちもくりょうぜん》だ。

「上書きしてくれと頼んだのは初海だろう？　それに、見える場所になければ意味がない」

――見える場所って、あなたの妹にも見られちゃうんですけど!?

三佳ちゃんなら、痣《あざ》の理由や誰が施《ほどこ》したものか瞬時に気づきそうだ。

実の兄の残した生々しい痕跡を目にするのは、あまり気分のいいものではないと思う。でも、三佳ちゃんは私と総ちゃんをくっつけたがっていたから、案外喜びそうな気もする。

――そういえば、なんで三佳ちゃんは私と総ちゃんをくっつけたがってたんだっけ？

などという思考はすぐに断ち切られる。服の裾《すそ》から入り込んだ総ちゃんの手が、ダイレクトに私の胸を包み込んだからだ。

「ここは？　見られたか、それとも触られたか？」

「そこは……っ、ん、あっ」

大きさや形や柔《やわ》らかさを確かめるようにやわやわと揉《も》まれ、否定しようとする言葉に詰まる。

固く骨張った手の感触は、自分で触れるのとはまるで違う。自分で自分の胸を寄せ集めたってなにも感じないのに、今は触れ合った場所に神経が集中する。

「つぶさに観察はしていたけれど、しばらく見ていないうちに立派に育ったもんだ」

――観察ってなんだ!?　朝顔じゃあるまいし！

臍《へそ》まできっちり覆《おお》っていたブラトップが、総ちゃんの手の動きに合わせて捲《めく》れ上がる。すでに総ちゃんの前には私の両胸が晒《さら》されていた。

「ああ、綺麗《きれい》だ……想像以上だな。それにやっぱり実際に触ると違うな」

ツツと指で膨らみの縁《ふち》をなぞった総ちゃんが、感嘆《かんたん》の声を上げる。綺麗《きれい》と褒められたことは嬉しいが、なんかさっきから発言が変態っぽい。

「ちょっと待って！　総ちゃん、電気消して。あと眼鏡も取って！」

裸を見られているだけで恥《は》ずかしいのに、煌々《こうこう》と明るい光の下でと思うとさらに羞恥《しゅうち》が増す。

しかしそれらは、あっさりと却下された。

「それだとなにも見えないじゃないか。安心しろ、白くて柔《やわ》らかくて適度な弾力もあって触り心地もいい。ここも、こんなに綺麗《きれい》な桜色で」

「見えなくていい！　あと、実況もしなくていい！」

「断る。他の男に見られた分の消毒だって必要だからな」

——だから、そこは見られてないって！　あと、見られたから消毒って、課長はバイ菌か⁉

そもそも総ちゃんの視線に殺菌作用なんてない。そんな特殊能力は装備されていないはずなのに、矢のように降り注《そそ》ぐ視線に自然と肌が粟立《あわだ》つ。

「身体も表情も、初海のすべてが見たい。最初に言ったが、俺のリミッターを外したのはおまえだからな？　だからもっと、いろいろなおまえを見せてみろ」

軽く顔を上げた総ちゃんが、目と目を合わせて小さく笑う。

とんだ俺様発言だけど、ただの傲慢《ごうまん》とはなにかが違う。

総ちゃんが浮かべているのは——執着？　そんな、まさか。

下から掬《すく》うみたいに胸を捏《こ》ねていた指が、先端を掠《かす》める。

「あっ」

その瞬間、妙に甘さを含んだ甲高い声が無意識に漏れてしまった。こんな声を出した経験は過去にも覚えがなくて、咄嗟《とっさ》に手で口を塞《ふさ》ぐ。

「我慢しなくてもいいが、我慢しようとしているところもいいな」

そんな私の様子までも楽しむかのように、指が頂《いただき》を弄《もてあそ》ぶ。優しいタッチで円を描くように刺激されていると、中心がキュンキュンと疼《うず》いてくる。

「どこもかしこも柔《やわ》らかいのに、ここだけ硬くなってきた。勃ち上がってきたのがわかるか？　ここが気持ちいいんだろう？」

切なくなっているところをピンと指で弾《はじ》かれて、衝撃に身体がしなった。

「んあっ、ふ、あ」

「全然声を抑え切れてないぞ。初海は感じやすいんだな」

尖《とが》った先を強めに摘まれて、押しとどめようとした声がまた漏れる。

手で塞《ふさ》いだだけでは防ぎようがないくらい、この甘い刺激から逃《のが》れられない。

だからといって思うがままに、はしたない声を出したくはなくて、口を覆《おお》う手にさらに力を込めると、おやおやとでも言いたげに総ちゃんの片眉が上がった。

「意地っ張りなところも可愛いな」

——か、可愛い⁉

耳慣れない言葉に、胸がドキッとする。

同時に、先端が口の中にぱくりと含まれた。

「ひゃあ……っ、ふ、あ……っ」

尖《とが》らせた舌先が頂《いただき》をつつく。総ちゃんの唾液を纏《まと》った乳首が左右に嬲《なぶ》られて転がされて、ざらりと舌が敏感な場所と擦れるたびに身体中がぞくぞくと震える。

片方を舌で弄《もてあそ》びながら、もう片方も指で刺激され、私はもう翻弄《ほんろう》されかけていた。

しっかり口を塞《ふさ》いでいたはずの手にも段々と力が入らなくなって、これではただ添えているだけみたいなものだ。

「指で摘まめるほどだから舐《な》めやすいな。心配しなくても反対側も同じくらい可愛がってやる。ああ……ほら、俺の唾液で濡れてさらに色が濃くなって、まるで光っているみたいだぞ」

その上でさらに、この変態発言である。

今日の――いや、最近の総ちゃんはなんか変だ。

「も、ヤダ、言わな……っ」

相変わらず部屋は煌々《こうこう》と明るいし、総ちゃんはいつになく饒舌《じょうぜつ》だし、私の羞恥心《しゅうちしん》は爆発寸前のところまできている。

「五感全部を刺激してるんだ。黙っていたら、誰に抱かれているかわからなくなるだろう？」

「それくらい、わかる、から……っ」

「ダメだ。ちゃんと見て聞いて、自覚しろ。……心配しなくても、初海の嫌がることはしない」

最後に付け足された言葉は、総ちゃんなりの思いやりなのか？　だとしたら、いきなり約束は破られている。

だって私、はっきり『ヤダ』って言ったよね？　こんなに濃厚でいやらしいシチュエーションを、私は望んだ覚えはない！

「遠慮はしないと断ったはずだ。おまえの望みどおりに抱いているんだから、抱き方くらいは俺の好きにさせてもらう」

カリ、と先端を強めに噛まれて、目の前に火花が散った。

目の前にはいつもの自分の部屋が広がっているのに、充満している空気のせいで、まるで別のところにいる錯覚に陥《おちい》ってしまいそうになる。

総ちゃんも、私の知っている総ちゃんとはまるで違う。

私にはいつも付き合ってくれるけど、総ちゃんは自分からわがままを言うことはない。過保護に関しては我を通しても、それは私や三佳ちゃんのことを考えているからで、自分勝手な行動だとは思わない。

顔も声も匂いも、総ちゃんだ。だけど、いつもと違うふうに振る舞う理由は――

「これは……総ちゃんの、望み？」

誘ったのは私から。それでも総ちゃんは、自分から私を求めてくれている？

「当たり前だ。おまえが他の男に襲われて、なんとも思わなかったはずがない。今までどれだけの時間をかけて、おまえを守ってきたと思ってるんだ。誰にも見せたことがない顔も、聞かせたことのない声も、全部が俺だけのものだ」

——それは、つまり。

知りたいと願っていた総ちゃんの真意を聞き、どっと顔が熱くなる。

示されたのは、尋常ではない独占欲だ。

「それって、あの、総ちゃんは私のこと……」

「昔からずっと好きだぞ。まあ、おまえには隠してきたから気づいていなくても不思議はないがな。なにしろおまえは本当に子供だったから。だけどもう、我慢する必要はない」

他にも聞きたいことは山ほどあるのに、そこから先はもう頭が回らなかった。

あの総ちゃんに——子供の頃から憧《あこが》れて慕《した》ってきた人に好きだと告げられて、嬉しくないはずがない。だって総ちゃんは、私の初恋の人でもあるのだ。

そしたら急に、自分の気持ちにも合点《がてん》がいった。

妹になりたいとわがままを言ったのも、自分から離れていこうとするのが許せなかったのも——私も、総ちゃんのことがずっと好きだったからだ。

無意識に他の男性と総ちゃんを比べていたのは、総ちゃんこそが私の理想の相手だったから。

過保護な扱いが鬱陶《うっとう》しかったのは、自分がひとりの女性として見てもらえないのが悔しかったから。

――なんだ。意外と簡単な答えだった。

自分でも気がついていなかった想いに、三佳ちゃんはとっくに気づいていた。『ほらね』と高笑いする声が今にも聞こえてきそうだ。

とはいえまさか、それに気がつくのが、裸になったあとになろうとは……

「あのね、総ちゃん。私も総ちゃんのことが、好きだよ……」

自分の気持ちがはっきりしたのだから、総ちゃんにも伝えるべきだろう。こう見えて私は思い切りはいいのだ。

だけど、言葉にするとなおさら照れる。

状況的にも、完全に順番を間違えているのが否《いな》めない。

「そんなことは、わかりきっている」

裸だから？　それとも、照れ照れしているのが悪かったから？

総ちゃんの態度は意外とそっけないものだった。

――なによ。一世一代の告白、なのに。

ぶすくれていた私は、総ちゃんから噴き出ていた病《や》みオーラが一層濃くなったことを見逃《みのが》した。

「おまえは俺に、この状況でそんなことを告げたらどうなるか、わかっていないんだな。言っておくが、俺は一度手に入れたものを手放すつもりはない。……まあ、最初から手放すつもりはないけどな」

キラリと総ちゃんの瞳が光る。

同時に、ふたたび始まった愛撫により、今度こそ私は完全に翻弄《ほんろう》された。

胸元だけでなく、膨らみの下や臍《へそ》の近くにまで赤い印が刻まれていく。

総ちゃんの唇が肌を滑っていくたび、柔《やわ》らかな髪も一緒になって私を撫でて、くすぐったい。だけど不思議と眼鏡のフレームが当たらないのは、絶妙な角度でも保っているのだろうか。そんな努力をしてまで眼鏡をかけ続けて、私の痴態《ちたい》を見逃《みのが》すまいとしなくてもいいのに。

「あっ、はあ……ん、う、ああ……っ」

私の口からはとめどなく嬌声《きょうせい》が漏れているが、それを気にしている暇もなかった。だって、自分の口を塞《ふさ》いでいる場合ではないのだ。

「もう……っ、総ちゃん、そこは……ああっ」

なにかが吹っ切れてしまったのか、総ちゃんときたら身体中の至るところに口づけるのだ。

前はともかく、背中の肩甲骨《けんこうこつ》のくぼみや腰回りやお尻の上辺りまで舐《な》められては、くすぐったくて仕方がない。ついには制止しようとする指までからめ捕られ、指の一本一本までも丁寧に舌を這《は》わされた。

なにより、その一挙手一投足に敏感に反応してしまう自分が悲しい。

お陰で私のHP《ヒットポイント》はガリガリと削り取られ、もはや抵抗する力さえ残っていない。なのに、下腹部の奥のほうがキュンキュンと疼《うず》いて、もどかしくて堪《たま》らなくなる。

するすると身体の線を辿《たど》った総ちゃんの手が、パジャマのズボンの中に入り込む。ショーツの上から秘部を撫でられると、一際強い快感が広がった。

「ああ……っ」

「濡れているな。これだけ素直に感じているんだから、当たり前か」

意地悪そうに笑った総ちゃんは、クロッチの脇から指を一本滑り込ませ、今度はダイレクトに秘裂を撫でた。

ごく浅い内襞のところを掻き混ぜられ、くちゅりと卑猥《ひわい》な水音が響く。総ちゃんの指先がやけにぬるぬると感じるのは、私の体内から流れた分泌物のせいだ。

どうして、なんのために濡れるのかは、知識の乏《とぼ》しい私でも知っている。私の身体が、総ちゃんを受け入れるための準備をしているのだ。

「少し痛むかもしれないが、我慢しろよ」

「──っ」

十分に蜜を纏《まと》った指が、ゆっくり奥へと差し込まれる。今までなにも受け入れたことのない場所には、それだけでもすごい圧迫感があった。

「きついな……大丈夫か？」

悲鳴を我慢している私は、問いかけに無言でコクコクと頷く。

痛みが強いわけではない。苦しいのとも違う。

ただ、突き上げられるような衝撃がいつまでも残るのと、なんというか身体の奥がむずむずと落ち着かない。

「しっかり解《ほぐ》しておかないと、あとが辛いだろうからな」

そう言って、総ちゃんは奥に入れた指の関節を軽く曲げた。

「きゃ、ああっ、や、あ、あん」

指の腹で膣壁を押し上げられて、ゆっくりと擦られる。ぐるりと一周掻き回されて、その指の形のままで抜き差しされると、奥から掻き出された蜜でぐちゅ、ぐちゅと卑猥《ひわい》な音が一層大きくなる。

「すごいな、本当に初海は感じやすい」

「はあ、やだ、言わないで……っ、んあ、ああっ」

感じすぎているという自覚はあるが、改めて指摘されるとさらに羞恥《しゅうち》が増す。だけど、自分でも止められないのだ。

最初はゆっくりだった指の抽挿《ちゅうそう》も徐々にスピードを増し、膣壁を擦る指の感触に全神経が持っていかれる。

たっぷりと時間をかけて解《ほぐ》されている間、私の口からはひっきりなしに喘《あえ》ぎ声が上がった。

やがて埋められていた指が二本に増えても、違和感は長く続かない。ずるりと急に引き抜かれたときには、存在感を失ったそこが寂しいとさえ感じてしまうほどだ。

「初海。ほら、見えるか？」

霞《かす》んだ視界の先では、抜き出された人差し指と中指がキラキラと濡れていた。しかも、ひとつの雫《しずく》になったそれが、総ちゃんの手首にまでツツと流れ落ちていく。

そんなものを見せつけられただけでも耐えがたいのに、なにを血迷ったのか、総ちゃんは自分の手首に舌を這《は》わせて、それをぺろっと舐《な》めあげたのだ。

「ちょっ、待って⁉　やだ……っ」

「どうしてだ？　初海が俺のために流したものなのに、もったいない」

――そんなの、ちっとももったいなくない！

目を覆《おお》いたくなるような光景に、クラクラと目眩《めまい》を覚えた。いっそこのまま気を失ってしまいたい。

汚れた指を舐《な》め終えた手が、ショーツの穿《は》き口にかかる。羞恥《しゅうち》で油断している隙にあっという間に引きずり下ろされ、さらにグイッと太腿《ふともも》を押し上げられる。

「ダメ！　それだけは、絶対にヤダ！」

どんなに思考が鈍っていても、いまだに部屋の電気が点《つ》いたままであることを忘れてはいなかった。

身を屈めて今にも秘部に顔を寄せようとしていた総ちゃんは、私の最後の抵抗にチッと小さく舌打ちする。

――なによ、その残念そうな態度は⁉

初体験でそこまで見られてしまうのだけは絶対に死守せねばならない。

「なんでだ？　初海のすべてが見たいと言っただろう？」

「それでも、絶対にダメ！　そんなことしたら、もう、キ……キスしない」

思いとどまらせるために捻《ひね》り出した苦肉の策だったけど、いまいちパンチが弱い。

『嫌い』と言えればよかったのだけれど、嘘でもそれは憚《はばか》られて、言えなかった。

だけど、それなりに効果はあったようだ。苦虫を噛み潰《つぶ》したような顔になった総ちゃんは、持ち上げた私の太腿《ふともも》の内側にチュッとキスをする。

「ん……っ」

「まあいい……俺もそろそろ限界だからな」

おもむろに自分のシャツに手を掛けてバサリと脱ぎ捨てる。明るい光の下、鍛えられて隆起《りゅうき》した筋肉が露《あら》わになって、直視できずに思わず目を背けた。

少しでも自分の足元のほうを向けば、一糸纏《まと》わぬ姿になった総ちゃんがいる。その色気の破壊力は底知れない。

――どうしてこの人は、私の裸をまじまじと見ることができたんだろう⁉

照れくささに、いよいよ限界が迫る中、総ちゃんがぽつりと小さく呟く。

「……惜しいな」

――それって、私の色気が圧倒的に総ちゃんに劣《おと》るってこと⁉

軽くショックを受けていると、足元からため息が聞こえて、さらにショックを受ける。

恐る恐る視線を向けたら、総ちゃんは脱ぎ捨てたスウェットパンツを手に、なにやら思案しているようだった。

「総ちゃん？」

「やっと初海とひとつになれるんだ。俺は、薄い膜一枚にも邪魔をされたくないんだが……」

ひとつになる。薄い膜一枚。それって――

総ちゃんの思惑に気がついて、ギョッとした。

「ぜ、絶対ダメっ！」

「責任はちゃんと取るぞ？」

「そんなことで無理に責任を作り出さなくていいから！」

なにを迷っているかと思ったら、避妊具をどうするかで悩んでいた。

……っていうか、そんなものがこの部屋にあるわけない。

とにかく、避妊は大事だ。この状況でお預けは辛いかもしれないが、いくら付き合いは長くてもきちんと将来について話し合っていない私たちが、無防備な状態で事に及ぶのは間違っていた。

「そうか……なら仕方ないな」

そう言って、総ちゃんは脱いだスウェットパンツをふたたび穿《は》く——ではなく、ポケットをまさぐって銀色の包みを取り出した。

——ちょっと待て。

な　ぜ　そ　れ　を　持　っ　て　い　る　？

いついかなるときも常時それを持ち歩くことが、大人の男のエチケットなのか？

——そんなはずはない。

「総ちゃん、もしか——」

疑惑を最後まで口にすることは許されず、逞《たくま》しい肉体でガバッと抱き締められた。

素肌のままで抱き合うと、お互いの体温が直《じか》に伝わる。服を着ているときよりも、さらに近くに存在を感じた。

好きだ、と囁《ささや》いた総ちゃんがふたたび私にキスをする。

「無茶なことをして初海に嫌われるのも、キスができなくなるのも困るからな」

そう言って、ふわりと笑った。

——ここでその笑顔は、ズルイ。

含み笑い以外では滅多《めった》に笑わない人だから、この笑顔は本心だ。

丸みを帯《お》びた切っ先が秘裂に押し当てられる。

硬さも大きさも、指とは比べものにならないほどの存在感がある。ぐっと蜜口が広げられる感覚に思わず身構えたが、それはすぐに離れていく。

「初海……そう緊張するな。なるべく、優しくするから」

多分、私が固くなっているから、上手く挿入できないのだろう。なんだか総ちゃんも心なしか苦しそうに見える。

「それとも、やっぱり嫌か？」

気遣うような声に、思わず笑いが漏れた。

自分勝手なのか優しいのか、一体どっちなんだこの人は。

「大、丈夫……」

総ちゃんの首に手を回して、ギュッと縋《すが》りつく。

——大丈夫だ、恐怖も後悔もない。

「力を抜いて」

「わかった……」

ふう、と息を深く吐く。同時に、強烈な圧迫感に突き上げられた。

「——っ！　あ、んあああっ！」

指にはしっかりと慣らされたし、ちゃんと濡れている。だけどやっぱり痛いものは痛い。

秘裂はこれでもかと押し広げられる。引き攣《つ》った痛みは火傷《やけど》に似ていて、腰から下の感覚がなくなってしまったような気がする。

「初海、呼吸」

総ちゃんは私の頭を抱え込みながら、ゆっくりと腰を進めていく。少しでも痛みを和《やわ》らげようとしてくれているのだろう。痛みを堪《こら》えて息を詰める私に呼吸を促《うなが》し、少し止まってはまた進むを繰り返す。

だから私も、さらに意識して、はあっと大きく息を吐き出す。

「——ああっ！」

タイミングを合わせて総ちゃんの腰がグッと押し出され、最奥が突かれたのがわかった。

「全部、入ったぞ。初海、大丈夫か？」

「ん、ん……平気」

本当は、ちっとも平気じゃない。相変わらず中も外もジンジンと痛むし、内側から臓器を押されているようで苦しい。

でも、同じように余裕のなさそうな総ちゃんの顔を至近距離で見たら、奇妙な満足感にも包まれる。だから私は、口角を上げて笑顔を作った。

「ああ、おまえはやっぱり可愛いな」

頬が引き攣《つ》っている自覚はあったのに、そんな私を見ても総ちゃんは陶酔《とうすい》しているようにうっとりと呟くものだから、痛みを堪《こら》えている自分を一瞬忘れそうになる。

「……動くぞ」

腰を引かれ、ズルッと中を擦られると、摩擦《まさつ》で熱がまた一段と強くなる。だけど、ただ苦痛なだけでもない。

「あっ、は……やん、あっ、あ、あ」

ゆっくりと抜き差しされる抽挿《ちゅうそう》に合わせて、痛みと熱が交互に襲いかかってくる。

痛みはしばらくすれば薄れていくけど、溜まった熱は一向に収まる気配がない。身体の内側から溶けてしまっているのか、ぐちゅっという水音と共に溢《あふ》れた蜜が零れ出る。

「んあっ、総ちゃ……あ、あ、そう、ちゃ」

痛みと、熱と、緊張と、羞恥心《しゅうちしん》と、その向こう側に感じる、快感と。

なんとも形容しがたい感情すべてを、彼の名前を呼ぶことで表すと、総ちゃんもそのひとつひとつに応《こた》えてくれる。

「初海」と名前を呼んだり、「なに？」と優しく気遣いながらキスをしたりして、私の反応を確かめて丁寧に抱いてくれる。

だから段々と、頭がふわふわしてきた。どこまでが自分の身体で、どこからが総ちゃんの身体なのかもわからなくなってくる。

「すまない……あまり、長くもちそうにない」

ゆらゆらと揺すられながら、総ちゃんがどうして謝っているのかもわからない。

──だって私は、こんなに気持ちがいいのに……

「次からはもっと、可愛がってやるから、な」

なにやら不穏な宣告を受けた直後、総ちゃんが私の両脚を高く持ち上げて肩に掛けた。

「なに……!?　……っ、あ、や──」

脚から外れた総ちゃんの手が、結合している場所に下りて、繋がりの少し上にある蕾《つぼみ》をぐりっと刺激する。

「や、あ、あ……あああぁん!!」

途端に、私の中でなにかがパンと弾《はじ》けた。

燻《くすぶ》っていた熱が一気に解放され、身体がふわりと宙に浮いた――と思ったら、私の意識は急激な眠気に襲われる。

遠くなっていく意識の向こうで、総ちゃんが私を強く抱き締めて小さく身体を震わせる。

「初海……っ、好きだ……」

切なげに囁《ささや》かれた吐息を感じながら――

我慢をやめた総ちゃん、半端《はんぱ》ないって！　と、思ってしまった。

第五話　束縛は一方的なものでもない

翌朝目を覚ますと、視界いっぱいに見事な大胸筋が映っていた。

「――なっ⁉」

寝ぼけ眼《まなこ》が一気に覚醒《かくせい》した。

少し顔を上げると、穏やかな顔の総ちゃんがすやすやと寝息を立てている。腕を私の腰に巻き付け、胸筋の下には引き締まった腹筋も見える。

腹筋、胸筋、上腕筋、すべて鍛えた、パーフェクトボディ……

——そうだ。私は昨日、総ちゃんと。

脳裏で昨夜の出来事が、ものすごいスピードで再現された。

「おはよう」

「うひゃあっ！」

突然耳元でいい声がして身体が大きく跳ねる。いつの間にか目を覚ました総ちゃんが、至近距離で微笑みかけていた。

「また素晴らしく色気のない朝の挨拶《あいさつ》だな」

「う……っ、おはよ」

無愛想で無表情だった総ちゃんはもはや過去の人だ。

朝から、この笑顔は眩《まぶ》しすぎる。

これが本当の恋人同士になった特権というやつか。でも、心の準備がなかったから、どんな顔をしてこの朝を迎えればいいのか……

「——って、今何時⁉」

すっかり忘れていたが、今日は金曜日で平日だ。

——大変、仕事に行かないと！

慌てて起き上がろうとしたのだが——動けなかった。

「あの、総ちゃん？　離してもらえない？」

腰に回された総ちゃんの腕が、がっちりと私をホールドしている。外れるどころかますます力を込められて、むぎゅっと胸の中に閉じ込められた。

「そんなに慌てて起きなくてもいい。身体は辛くないか？」

「そ、それは平気だけど……」

素肌が触れ合う感触で、はたと気づく。よく見れば、私も総ちゃんも裸のままだ。

多分あのまま二人して眠ってしまったのだろう。

身体がべたべたするといった不快感はないが、散々いろんなことをされたから――とまた思い出してしまって、脚の間がツキンと疼《うず》いた。

総ちゃんは昨日までずっと働きづめだったから、今日は休みなのかもしれない。まだ慌てる時間ではなさそうだけど、私は仕事の前にシャワーを浴びなくては。

枕元においてある目覚まし時計で現在の時刻を確認すると――は、八時回ってる!?

「嘘!?　ゆっくりしてる時間なんてないじゃない！」

やらかした！　これは完全に遅刻だ。今度こそ慌てて飛び起きようとしたのだけど、またも鍛えられた上腕二頭筋《じょうわんにとうきん》に阻止される。

「ちょっと、総ちゃん！」

「心配しなくても、おまえは今日は休みにしてある」

「――へ？」

いつの間にそんなことになったのかと目を瞬《またた》かせていると、総ちゃんが呆《あき》れてため息を吐く。

「昨日の自分になにがあったか、忘れたのか？」

「――あ」

そうでした。喉元過ぎれば熱さを忘れるというか、その後に起きたことのほうがよっぽど衝撃的だったせいですっかり忘れていたけれど、資料室で営業部の五藤課長に襲われかけたんだった。

「ったく、普通忘れるか？　おまえのそういうところが、危機管理がなってないと言うんだ」

「……すいません」

まったくもって返す言葉が見つからない。

どうも私は、昔から危険な目に遭うのに慣れているせいか、トラブルも時間が経つと忘れてしまう癖がある。

それに、その後の総ちゃんのアフターケアが万全なのも、少なからず影響している。

「まあ、初海らしいというか。いつまでも引きずるよりはいいけどな」

優しく破顔した総ちゃんが、私の頭をくしゃりと撫でる。

それでも、昨日のことは結構な事件だったはずだ。なにしろ課長は、警察に連行されているのである。

「もしかして昨日のことって、ニュースになったりする？」

だとしたら、今頃職場は大騒ぎになっているだろう。

マスコミが詰めかけて、私も事件の当事者として上司たちに事情を聞かれるのかもしれない。課長にされたことを思い出しながら、ひとつずつを説明するのかと思ったら、背筋がゾッとした。

気持ちが暗く沈んでいきかけていると、不意に私を抱き締める力が強くなる。

「さあな。それはマスコミ次第だが、世間的にはもっと大きな事件が起きているから、扱いは小さいと思うぞ」

「……そっか」

総ちゃんが言っているのは、昨日殺人事件の容疑者が逮捕されたことだ。事件に大きいも小さいもないと言うが、あちらに比べれば私のほうがまだ被害は小さい。

「今日はおまえにまだ精神的なショックが残っている可能性があることと、事情聴取《ちょうしゅ》を理由に休みにしてもらうよう手配した。明日以降出社すれば多少は影響が出るかもしれないが、そこは三佳と緒方さんが上手くフォローしてくれるだろう」

そんな手配をする暇がいつあったのかと思ったら、昨夜私が寝付いたあとで総ちゃんがあちこちに連絡を取ってくれたらしい。

　私が直接上司に連絡を入れずに済んだのは、総ちゃんが警察官であり、三佳ちゃんの親族であり、私の保護者代わりでもあるから、だそうだ。

「じゃあ、今日のお休みは事情聴取《ちょうしゅ》のためなんだね。私も警察に行くの？」

「いや、事情聴取《ちょうしゅ》はあくまで任意だ。おまえの場合は在宅で、聴取《ちょうしゅ》は俺がすることになっている」

　それって、規律的に大丈夫なの？　総ちゃんの親族ではないけど、関係性が近い場合はアウトなんじゃないかと問うたところ、そこはどうとでもなると返ってきた。

　さすがはエリート、権力は持っておくものである。

「それに、おまえが奴を訴えるかどうかでまた違うからな」

「ええ？　……それって、私が決めるの？」

　課長にされたことは許せないが、裁判となると面倒くさい。罪は償《つぐな》ってもらいたいけど、正直二度と関わりたくないというのが私の本音だ。さらに、今課長が受けている警察での取り調べが進んで余罪が見つかれば、状況が変わるかもしれないという総ちゃんの意見から、現時点では保留にすることにした。

　私は助けてもらったけど、もしかするともっと酷い目に遭った人がいるのかもしれない。

「それじゃ……詳しく話せば、いいの？」

朝から話したい内容ではないけれど、他にも被害者がいるかもと思うと、私の話も参考として必要だろう。

「いや。昨日の話でだいたいのことはわかったから必要ない」

私の中である程度の覚悟を決めたのに、総ちゃんはあっさりと却下した。

――警察がそんないい加減な態度で大丈夫なんだろうか？

「嫌なことをわざわざ思い出さなくていい。おまえには、そんなことをさせたくない」

穏やかだった総ちゃんの顔つきが急に真面目になる。職務怠慢《たいまん》もいいところだが、個人的には……嬉しくないわけがない。

総ちゃんが根掘り葉掘り探ろうとしないのは、私を思ってのことだった。なにも言わなくても、この人は私の気持ちを正しく汲《く》んでくれている。

改めて自分がどれほど大切にされているかを実感して、照れ隠しから視線を下げた。

だが、その際にちらりと見た総ちゃんの口元が、不気味に歪んだ。

「それに、この状況で他の男にされたことを聞いたら、どうなると思う？」

グイッと強く引き寄せられて、太腿《ふともも》の辺りになにか硬いものが押し当てられる。

なにかって――そう、ナニだ。

――そうだ。私たちはお互いに、裸だった。

「ぎゃあああっ！」

「ずいぶんな反応だな。これが昨夜おまえを――」

「い、言わないで！　それに、昨日したのに、なんでまた……っ⁉」

「男の生理現象だ。それにおまえのそんな姿を見せられたら反応しないわけが」

「だったら余計に離してよ！」

とにかく抜け出そうと必死にもがくけど、腕が解《ほど》けたところで飛び起きるわけにもいかない。

そりゃあ、昨夜散々見られてますよ？　だからといって開き直って全裸でうろうろできるほど、私の神経は図太くはないんだ。

そうこうしている間に、総ちゃんの指が背筋をツ、となぞる。

「ひゃ、ん」

ビクンと身体が弓なりにしなって、熱っぽく欲情した総ちゃんと目と目が合う。

――ダメだ。このままでは。

散々汗もかいたし、あれこれいろいろと流れた覚えもある。それに、脚の間だってまだ痛む。

いくらなんでも、処女喪失の翌朝から第二回戦というのは酷《こく》だ。

「ま、待って。私、あのまま寝ちゃったから、シャワーを」

「身体は綺麗《きれい》に拭いておいた。少しは出血もあったが、そう多くはなかったぞ」

――なんだって？

今、とんでもなく聞き捨てならないことを言われた気がする。

「…………見たの？」

たっぷりと間を取ってから聞いたら、総ちゃんはなにも言わずにフッと笑った。

「イ……イヤあああああ！」

絶叫の理由は言うまでもない。

こうして私の思い出したくない出来事は、全部まるっと「上書き」された。


結局私は金曜日の一日だけ有給を取り、休み明けから普通に出社した。

出かける寸前まで文句を言っている人がいたけれど、正当な理由もないのに仕事を休むのは職務怠慢《たいまん》もいいところだ。

心配されるほどの精神的ダメージは残っていない。むしろ、総ちゃんと一緒に過ごすことのほうがよっぽどダメージを受けそうな気さえする。

とにかく、総ちゃんを振り切って出社した会社は、思っていたよりも落ち着いていた。

もちろん何事もなかったことにはなっていないが、事件自体は今も大々的に報道はされていない。

誰かが隠蔽《いんぺい》したというわけではなく、容疑者の立場が政治家や公務員、芸能人や大企業の幹部といった社会的に関心を集めるものでなければ、ニュースとして扱われないことが多いのだそうだ。

私も上司たちに報告という名の事情聴取《ちょうしゅ》は受けたが、そこまで詳しい説明までは求められなかった。確認されたのは合意があったかどうかくらいで、当然ながら全否定した。

本人はいまだに罪を認めようとしていないそうだけど、その一方でなぜか自己都合で退職を申し出てきたらしい。会社も引き留める理由はなかったようで、あっさり受理された。

女癖の悪さが評判になるほどだから、会社にも思い当たる節があったのかもしれない。しかし、私以外からの明確な被害の申し出はなかった。自分が性被害に遭ったと告白するには大変な勇気がいる。心の傷を負っている上に周囲の好奇の目に晒《さら》される可能性があるのだから、当然と言えばそうかもしれない。

私が被害者であることは会社中に広まっていたが、業務中は七緒さんたちがガードしてくれた。それでも、日頃面識のない他部署の人が総務部の周辺にいたり、チラチラと視線を向けられているのは感じた。

しかしそれは、課長の件とは別の話で注目されていたわけでもある。

「ほら。あの子が例の……」

「ああ、そうなんだ」

事件から丸一週間が経ち、ようやく休日を迎える金曜の更衣室にて。

仕事を終えて着替えていたら、嫌でもヒソヒソ話が耳に入ってくる。周囲に聞こえないように声を潜《ひそ》めているつもりでも、意外に響くものなんだよね。

「ものすごいイケメンが助けに来たっていうからどんな子かと思えば、案外普通だね」

――ご期待に添えず、申し訳ない。

私が注目を集めているのは、課長のセクハラ被害に遭ったことよりも、恋人で現職の警察官でもあるイケメンが身を挺《てい》して守った、という話のほうが大きくなっているせいだ。

隣でニヤニヤと含み笑いをしている三佳ちゃんを横目に見る。噂の出所は、もちろん三佳ちゃんである。

「言っておくけど、私はなにひとつ嘘は吐いてないわよ？　お陰で初海ちゃんが課長になにもされていないってことも広まったんだから、よかったじゃない」

「それは、そうだけど」

根も葉もない噂を立てられたらどうしようかと思っていたけど、先に広まった話によって心配は杞憂《きゆう》に終わった。

「なにしろ、会社に入り込んだ挙げ句ガラスをぶち割って助けてるんだから。警察官じゃなければ、お兄《にい》のほうが危ない人だよね」

三佳ちゃんが広めた噂によって、結果的には私も総ちゃんも助けられているからそこは感謝している。

「感謝しているけど、イケメンの恋人ってのはどうよ？　周囲の興味を惹きつけることだけが目的なら、なにも恋人とまで付け足す必要はなかったと思うんだけど？」

「引っかかってるのはそっちなのね」

「だって。総ちゃんの顔がいいのは本当のことじゃない」

「恋人ってのも本当のことでしょ？」

とん、と胸元を指で指される。

そこには、今なお色濃く残る無数のキスマーク……

——しまった。忘れてた！

「いいの、いいの。二人が末永く仲良くしてくれるなら私たちも一安心だわ」

オホホホと高笑いする姿が、なんだか悔しい。結局すべてはこの兄妹の思惑通りに進んでいる。

自分の想いに気がついたのは最近でも、私だってずっと総ちゃんのことが好きだったんだから、晴れて恋人になれたことは嬉しい。だけど、まったく不満がないわけじゃない。

だってあれから、総ちゃんの様子が本当に変なのだ。

お互いに仕事があるし、どちらかと言えば総ちゃんのほうが忙しいから、基本的に私たちはすれ違いの生活だ。だけど、電話やメールでの所在確認は今まで以上に増えた。

それに、身体の関係はなくとも、総ちゃんは顔を合わせるたびに必ず私に所有の印を施《ほどこ》す。

——なんだか、束縛はエスカレートする一方な気がするんだ。

あんなことがあったばかりで、総ちゃんが心配するのもわかる。総ちゃんの過保護は愛情の証《あかし》だ。両想いとわかる前は鬱陶《うっとう》しいと感じることもあったけど、理由を知った今では、素直に受け取れるようにもなった。

なったんだけど——総ちゃんの愛情は、私が思っている以上に重い。

ずっと兄代わりだった人が恋人になって、これまでにはなかったストレートな愛情表現を向けられるようになって、環境の変化に戸惑っている。

総ちゃんの愛情は、昨日今日で蓄積《ちくせき》されたようなものじゃない。どんだけ抱えてんだと突っ込みたくなるレベルで、私を困惑させている。

度が過ぎる過保護は、やっぱり少し……窮屈《きゅうくつ》だ。

そんな話を聞いてもらいたくて、今日は三佳ちゃんを食事に誘った。総ちゃんの許可を得ているのかと三佳ちゃんが怯《おび》えていたので、一応メールはした。

ただし、返信の確認はしていない。男っ気のないただの食事会なんだから、いちいち許可をもらわないといけないのはおかしいんだ。

会社を出て、近くのスペイン風レストランに入った。カウンターとテーブルが二席だけのこぢんまりとした店は、仕事帰りの夕食の場として私たちには定番の場所である。

「とりあえず、なに飲む？」

「え、初海ちゃん飲むの？」

ドリンクメニューをパラパラと捲《めく》っていると、三佳ちゃんが驚いた声を上げた。

「別に明日は休みなんだから、アルコールを飲んでも大丈夫でしょ？」

「そうだけど、初海ちゃんから言い出すって珍しいと思って」

いつもなら先にアルコールを注文するのは三佳ちゃんのほうだ。私はどちらかと言えば得意ではないけれど、飲めないわけでもない。

「仕事帰りの一杯は社会人の至福、でしょう？」

「……なんかオヤジくさいけどね」

そうは言っても、憧《あこが》れていたんだからいいじゃない。それに今は、飲まなきゃやってられない気分でもある。

とりあえずビールといきたいところだけど、好きではないのでサングリアを注文した。本場仕込みだという赤ワインベースのサングリアはフルーツの味と香りが濃くて口当たりがよく飲みやすい。

ワインは先日の総ちゃんとのデートで数杯飲んでも平気だったから、一杯飲むくらい許容範囲内だ。

定番のスパニッシュオムレツとシーフードパエリア、エビのアヒージョを一緒に頼んで乾杯する。

美味《おい》しいお酒と料理があれば、あとは勝手にガールズトークの花は咲く。

「まさか初海ちゃんに恋愛経験で先を越されるとは思ってなかったな。でも、初海ちゃんの相手はお兄《にい》しかいないってわかってたし、時間の問題ではあったんだよね」

「それなんだけど、三佳ちゃんはいつから……総ちゃんの気持ちを、知ってたの？」

「……さあ？」

——なんで、しらばっくれるの？

総ちゃんにも聞いてみたけど、うまくはぐらかされてしまった。知らなくてもいいことではあるけど、二人共に同じ対応をされると逆に気になる。

どちらが先に好きになったかなんて些細《ささい》なことにこだわるつもりはない。

でも、その……総ちゃんは、手慣れている。少なくとも私よりも経験が豊富なのは確かだ。

別に、過去の恋愛経験なんて気にならないと言ってしまえればいいのだけど、残念ながら割り切れない気持ちもある。『ずっと好きだった』なんて言いながら、つい最近まで別の人と付き合っていたとしたら、やっぱり面白くはない。

「でもさ、世の中には知らなくていいことなんてたくさんあるんだから、そこは詮索《せんさく》しなくていいんじゃないかな？」

それは確かにその通りである。

――だけど、そこまで隠す必要ある？

「そんなことより、初海ちゃんに彼氏ができたなら、次は私の番よね？　やっと私も解放されるんだわ！」

「……そんなに上手くいくと思う？」

脳天気に恋愛解禁を喜ぶ三佳ちゃんに、今日の本来の目的である総ちゃんの束縛について、あれこれと愚痴《ぐち》り始めた。

それから二時間後に、私がどうなったかというと――

「だからね、せめて電気は消してほしいの！」

サングリアを次々とお代わりし続けた結果、すっかりでき上がっていた。

「エッチの最中に眼鏡すら外さないなんて、そんなポリシーは持たなくてもよくない⁉

そこまでして見る必要ある!?」

一応意識はあるのだけど、とにかくヒートアップして止まらない。

実の妹である三佳ちゃんに、兄の夜の事情まで話すのは自粛しようと決めていたにもかかわらず、やっぱり口をついて出てくるのは、そこに対する愚痴《ぐち》だ。

「初海ちゃん、相当酔っ払ったね……」

案の定、三佳ちゃんはドン引きしている。

さっきからスマホをチラチラと見て時間を気にしているので、かなりの時間を費《つい》やしてしまっているのかもしれない。

「今、何時？　電車はまだあるよね」

自分のバッグを掴《つか》んでお会計のために立ち上がろうとしたら、三佳ちゃんが慌てて腕を掴《つか》む。

「ちょっと待って、まさか電車で帰るつもりなの!?」

「電車じゃなくてどうやって帰るのー？　まさか歩いては無理でしょ」

私はおかしくてケラケラ笑っているというのに、三佳ちゃんは渋い顔だ。こうして見ると、眉間に皺《しわ》を寄せた感じがやっぱり総ちゃんに似ている。

「迎えを呼んだから、もう少し待って」

「えー、迎えなんて大袈裟《おおげさ》だよ」

兄妹揃って心配性なところまでそっくりだ。そりゃあ、頭はふわふわしているけど、動けないわけじゃないし呂律《ろれつ》だって回っている。

「それに、迎えって誰がくるの？　総ちゃんは仕事だし、亮ちゃんは車を持ってないでしょ？　タクシー代はもったいないから出したくないよ。あ、そういえば総ちゃんにおつりを返し忘れてた！」

ほら、ちゃんと思い出せるくらいなんだから、私はしっかりしている。ちょっと陽気になって、テンションが高くなっているだけ。

でも、少し顔は赤くなっているかもしれない。さっきから身体が火照《ほて》って仕方がないのだ。

カットソーの襟元《えりもと》を引っ張ってパタパタと扇《あお》いだら、三佳ちゃんが目を丸くした。

――別に、そこまで際どい格好にはなっていないと思うんだけどなぁ？

総ちゃんのつけたキスマークがあるので、胸元の開いた服は選んではいない。

あの人ときたら、毎日毎日上書きだと薄くなった痕《あと》に吸いついてくるんだもの。鬱血《うっけつ》し過ぎて痣《あざ》が残ったらどうしてくれるんだ。……ああ、でも、胸元を引っ張りすぎたら見えちゃうんだっけ。

確認しようとさらにぐいっと引っ張っていたら、うしろから伸びてきた手に手首を掴《つか》まれた。

「遅いよ。言っておくけど、私が飲ませたわけじゃないからね？　お兄《にい》の所業が原因なんだから、少しは反省したら？」

「うるさい」

――ああ。この声、この手、この感触。そして背後から感じる冷たい気配。

その瞬間、酔いが一気に醒《さ》めた。振り向かなくとも、そこに立っているのは総ちゃんだ。

――おのれ三佳ちゃん、やりおったな⁉

「帰るぞ」

グッと腕を引かれて、強制的に立ち上がらされる。これは、かなり機嫌が悪いらしい。

だけど、落ち着け。私はなにも悪いことはしていない。……プライベートなことをベラベラ喋った以外は。

それだって、さっき到着したのであろう総ちゃんには聞かれてはいないはずだ。

「あ、あれ？　総ちゃんどうしてここにいるのー？　お仕事が早く終わったんだぁ！」

ひとまずは酔ったふりをして、明るい酔っ払いを演じてみることにした。

へらへらと笑って総ちゃんに話しかけたら、切れ長の目がスッと細められる。……あ、やっぱり怒ってる。

手首を掴《つか》んでいた手を背中へと回され、軽く引き寄せられた。

不覚にも足がふらついてしまった私は、そのまま胸の中に倒れ込む。

そっと身を屈めて、私の耳元に唇を寄せた総ちゃんが、低い声で囁《ささや》く。

「三佳に連絡をもらって迎えにきた。ちなみにその電話を受けたときから繋ぎっぱなしにしておいたから、会話の内容は筒抜けだ」

それだけで、赤くなっていたであろう私の顔色を青くするのに十分だった。

さらに、耳に総ちゃんの吐息がかかる。

「――これは、帰ったらお仕置きだな？」

なにがあっても絶対に外さない眼鏡の奥の目が、不敵に笑っていた。


総ちゃんの車で先に三佳ちゃんを送り届けてから、私たちもアパートへと戻る。

車内は、終始無言である。

その間にも私のテンションはみるみるうちに下降していく。総ちゃんに聞かれていたと思われる会話の内容を頭の中で反芻《はんすう》してみるが、どう考えても私が悪い。

――いくら鬱憤《うっぷん》が溜まっていたとはいえ、調子に乗りすぎた。

まずは素直に謝るべきだろう。でも、謝ったからといってなかったことにできる？

だったら私の取るべき手段はたったひとつ――逃げるしかない。

時間を置いて、その間に対策を練るくらいしか思いつかない。

会話はないけど、総ちゃんは私の隣にぴったりと付いている。普通に逃げ出したところで私が総ちゃんを振り切るのは難しい。大事なのはタイミングと瞬発力だ。

ポケットの鍵を握り締めて、準備万端《ばんたん》。自分たちの部屋があるフロアまで我慢して、着いたと同時に一気にダッシュした――のだけれど……

――ガッシャン。

腕を引っ張られたと思ったら、鈍い金属音のようなものが響いた。続いて、硬くて冷たい無機質な物体に手首が覆《おお》われたとわかる。

恐る恐る振り返ったところ、私の手首には手錠が嵌《は》められていた……

「――なっ⁉」

「騒ぐな、近所迷惑になるぞ」

思わず大声を上げそうになったのを制されて、そのまま自室の前までズルズルと引きずられた。鍵を開けるように脅《おど》されて、ようやく口をきけたのは密室に入ってからだった。

「ちょっと総ちゃん、なにこれ⁉」

持ち上げた手首からジャラッと音がする。何度見ても、警察官が犯人を逮捕するのに使うやつだ。

「見ての通り手錠だ」

「……いや、それはわかるけど」

「訓練用の試供品だ。たまたま今日届いたところで、お仕置きするために拝借してきた」

普段使用している正規品だとか、備品を勝手に持ち出したというのではなさそうだけど、それにしても用意周到すぎる。

まるで最初から、私が逃げる気満々なのがわかっていたかのようで……

──予知能力か⁉　そんな特殊能力まで備わっているのか⁉

驚愕する私の前で、もう片方の輪っかを持ち上げた総ちゃんは、ためらう素振りも見せずにそれを自《みずか》らの手首にガッシャンと回した。

私の左手と、総ちゃんの右手がひとつの手錠で繋がれる。鎖の長さはほとんどなくて、数センチといったところだろう。

「えええええっ⁉　なに、なんで⁉」

これでは、お風呂はおろかトイレにさえ、もれなく総ちゃんが付いてくるじゃないか！

「ヤダ、もう、これ外し──んむ、うっ」

ガチャガチャと鳴る左手を振り回していたら、総ちゃんの右手に指をからめ捕られた。

そのまま、唇まで塞《ふさ》がれる。

容赦《ようしゃ》なく侵入した舌によって口腔《こうこう》を蹂躙《じゅうりん》されて、上から覆《おお》い被さられているので腰はほとんど鯖《さば》折りに近い。

あっという間に脱力した私は、へにゃへにゃと膝から崩れ落ちかけた。

それを片手で器用に抱き留めた総ちゃんは、キスをした体勢のまま私の身体を抱き上げる。

「ん、う……ん」

引き寄せられて、足が宙に浮く。

そのまま歩き始めた総ちゃんに、部屋の奥へと運ばれた。

パチッと電気を点《つ》ける音がしたあと、どさりとベッドの上に投げ出された。

「……まったく、こんな無防備な姿を晒《さら》すなんて」

総ちゃんの左手が私の頬を覆《おお》って、ゆっくりと撫でる。

「上気した肌に、潤《うる》んだ瞳……なんでこんなに色っぽいんだろうな。こんな姿を堂々と人前で晒《さら》すとは、本当におまえは俺をイラつかせる天才だな」

耳の奥に刻みつけるみたいに低く呟かれた声に、背筋がゾクリと震えた。

「か、買いかぶりすぎだよ？」

この私が色っぽいだなんて、過大評価もいいところだ。

「自分から服の胸元を広げていたな。確かに誰に見られてもわかるように印はつけたが、見せびらかすのは感心しない」

頬を滑った指が、レストランにいるときに強く引っ張りすぎたせいで少しくたびれた襟元《えりもと》から鎖骨《さこつ》をなぞる。そのまま服の上へと移動し、膨らみをきゅっと掴《つか》んだ。

「んん……っ、だって、暑かったんだもん」

「あれだけ飲めば当然だ。あの店のサングリアは本場仕込みだったな。スペインではワインと一緒にウイスキーも使うと知っていたか？　だから甘くて飲みやすい酒は危険なんだ」

どうりで身体がぽかぽかすると思った。

だけど、今感じている気怠《けだる》さと火照《ほて》りはアルコールのせいだけじゃない。

だって、総ちゃんに触れられているところは服の上からでも熱を帯《お》びて、一層熱くなっていく。

「三佳と二人だからと気が緩んでいたようだが、カウンターの中にいた店員が男なのはわかっていたか？　周囲にいた客は？　そいつらにおまえは自分から胸元を見せつけていたんだぞ」

「そ、そんなつもりは」

「おまえにその気がなくても、男だったら見るんだよ」

膨らみから外れた手が、服の裾《すそ》から潜《もぐ》り込む。自分の体温よりも低い総ちゃんの手が素肌を掠《かす》め、一緒に入り込んだ外気が肌を冷やすのが心地いい。

「あんっ」

「おまえの肌が他の男に見られたかと思うと、気に入らない」

総ちゃんの不機嫌の一番の原因は、そこだったんだと思う。

正式に恋人同士になって総ちゃんが一番変わったのは、私への独占欲を露《あら》わにするようになったことだ。

それは嬉しいことでもあり、同時に私を悩ませることでもある。

カットソーを胸の上までたくし上げた総ちゃんが身体を起こし、ネクタイの結び目に手を掛けて緩める。相変わらず、電気は点《つ》いたままだ。

「そういえば、電気が点《つ》いたままするのは不服だったな?」

するりと首元からネクタイを抜き取りながら呟いた口元が、なぜか不穏に歪められた。

「見えないと、いろいろ不便なんだよ。視界を奪われたバージョンも、一度体験しておくか?」

両手でネクタイをぴんと伸ばした総ちゃんの顔が間近に迫る。総ちゃんの右手が持ち上げられると、必然的に私の左手も引っ張られる。

この場合、不便なのは手錠をかけてるからだと思うんですけど!?

「え、ちょっと——なに!?」

顔の周りにぐるぐるとネクタイを巻かれて視界を塞《ふさ》がれた。抵抗を試《こころ》みたものの、手錠が手首に食い込んで結構痛い。

「ヤダ、これ外してよ！」

総ちゃんだって片手が不自由だから、そこまで厳重には結ばれていないと思う。

空いている手で取り払おうとするが、手首を掴《つか》まれ手錠で繋がった左手と共にひとまとめにされてしまった。

「初海は見えないほうがいいんだろう？　これなら明るくても気にならないから、一石二鳥だ」

すぐ近くにいるはずなのに、見えていないだけで微妙に距離が掴《つか》みにくい。

わずかに聞こえる息づかいに意識を集中させる。

どこにいるのか、なにを見ているのか、次に触れる場所はどこか——そんなことを考えていたら、急に胸がドキドキしてきた。

——ち、違う。断じて興奮してきたわけじゃない！

「ちょっと待って、総ちゃん。本当にやめて。私の嫌がることはしないって……」

「それだとお仕置きにならないだろう？」

クスクスと笑った息が首元にかかり、いつものところに唇が触れてきつく吸い上げられる。指がブラジャーの際《きわ》から差し込まれて、頂《いただき》を引っ掻いた。

「あ、んあっ」

じんと痺《しび》れた先端が、ゆっくりと起き上がっていくのがわかった。硬くなった乳首の周囲を指がくるくるとなぞるから、それが今どれだけ尖《とが》っているのか見なくとも頭に浮かんでくる。

この一週間、毎日のように総ちゃんに所有の証《あかし》を施《ほどこ》された。

下肢の痛みが残っていると伝えたから、最後まで致すことはなかったけど、それ以外の感じるところは執拗《しつよう》に刺激された。

だから、私の身体はすっかり快楽を覚えて、敏感になってしまったのだと思う。

引き抜かれた指が背中へと回りホックを外す。緩んだブラジャーを押し上げられて、露《あら》わになった胸がふるりと揺れた。

肌がじわじわと粟立《あわだ》つのは、総ちゃんの視線を浴びているからだろう。視覚を封じられている分だけ触覚が過敏になる。

わずかに動いた空気が肌を撫でるだけでも、身体が小さく反応した。

ぬるりと生温かいものが先端を弾《はじ》き、とろりと柔《やわ》らかな粘膜に包まれる。

「あ……ヤダ……」

「嫌がっているふうにはとても見えない」

ぴちゃり、とわざと音を立てながら総ちゃんの舌が乳首を捏《こ》ねる。ぞくぞくと這《は》い上がってくる快感に、ゆっくり突き上げられるように自然と背中がしなった。

「ほら。自分から差し出すくらいなんだから、初海は本当に感じやすいな」

「あっ、あ……あ、ん……」

吐息混じりに零れる自分の声が甲高くて甘い。私の身体は、総ちゃんから与えられるものを自分が思っている以上に素直に受け入れている。

見えていないから総ちゃんの行動が掴《つか》めない。だから頭の中で、次の行為の予測を立てた。

――だけどそれは、次はこうしてほしいという願望であると自覚してしまう。

「こんなに悦《よろこ》ぶなら、お仕置きにならないな」

「え……？　あっ」

ひとまとめにされていた手首の拘束が緩められる。右手はすぐにまたシーツに縫い止められたけどジャラリと音を立てながら引っ張られた左手――つまり、総ちゃんと手錠で繋がった手は、私の太腿《ふともも》の辺りに落ちた。

ふと伸ばした指先に服が触れる。たしか今日は、膝丈のスカートにストッキングを穿《は》いていた。

通勤用の服としては無難なものだけど、やっぱり私にスカートは鬼門だったかとつくづく思う。だってスカートは、不埒《ふらち》な指を易々《やすやす》と侵入させてしまうのだ。

スカートの裾《すそ》が少しずつ捲《めく》れて、私のものではない指がストッキングの上から秘部をなぞった。

「はあ……あ、ああっ」

脚の間という狭い空間の中で、総ちゃんの手がゆっくりと蠢《うごめ》く。指先が割れ目の上の蕾《つぼみ》をぐっと強めに押し込むと、クロッチの部分がぬちゃっと軽く滑った。

「ストッキングが邪魔だな……破くぞ」

「――は？　え、ちょっと」

咄嗟《とっさ》に脚を閉じる間もなく、ビッという音と共にストッキングが引き裂かれる。

別に、そんなに高い物ではないよ？　コンビニで手軽に買えるものだよ？　だけど、ものすごく背徳を感じる。

「総ちゃん！　なんてことするの!?」

「仕方ないだろう？　俺も片手しか使えないし、その手も割と不自由なんだ」

「だから、不自由を作り出してるのは自分でしょう!?」

自分から手錠を嵌《は》めておいて、なにを言う。

「でも、恥《は》ずかしさは消えてそうだな」

指摘されてドキッとした。ストッキングを破られたということは、ショーツが丸見えになっているということだ。

今もあられもない姿を晒《さら》しているはずなのに、すっかり失念していた。自分が見えていないから、総ちゃんにも見えていないという錯覚を起こしているのかもしれない。

「そ、そんなことないもん」

「そうか？　結構濡れてるぞ」

金具が擦れる音と共に、総ちゃんの手がショーツの中に滑り込む。くちゅりと音を立てながら、そこは簡単に指を呑み込んだ。

「やっ、あ、ああっ」

膣壁を押し広げながら、長い指がゆるゆると行き来する。円を描くように擦られて、身体の奥から熱いものが、とろりと流れ出してくる。

「俺の角度からだと、まるで初海が自分で自分を慰《なぐさ》めているみたいに見えてるぞ」

たしかに総ちゃんの手はショーツの中に隠れているし、手錠に引っぱられた私の手もその近くにあるから、そう見えなくもないのかもしれない。

「や……ん、そんなこと、してない……っ」

総ちゃんが利き手であるはずの自分の右手に手錠を嵌《は》めたのは、こんなふうに私をいじめるためだったのかもしれない。

そんなことを言われたら、嫌でも頭の中で自分の淫《みだ》らな姿を思い描いてしまう。

目隠しをされて、右手をシーツに縫い止められながら総ちゃんの口で胸を愛撫される。

手錠で繋がれた左手は、秘部を弄《いじ》る手に抵抗しようと添えているのに、逆に自《みず》ら促《うなが》しているようで――

「ふあ、ああっ」

「中が反応した。想像したのか？　いやらしいな」

くっと指の関節を曲げられて、衝撃で腰が浮いた。すかさず二本に増やされた指が、ぐちゅぐちゅと蜜壷を掻き回す。

「ほら、俺の指を締め付けて痛いくらいだ。初海は意地悪く攻められるのが好きなのか」

「んあっ、違……っ、ああ、いや、ごめんなさ……あ、い」

しきりに謝っているけれど、もはやなにに対してなのかもわからない。

真っ暗な世界で、総ちゃんの声や指が私を翻弄《ほんろう》する。それは絶対的に支配されている感覚だ。

「初海、腰を上げて」

命じられるまま腰を浮かせると、太腿《ふともも》を押し上げられショーツを取り払われる。

「すごい……ああ、綺麗《きれい》だ」

大きく広げられた脚の間から、総ちゃんの声がした。

「え……やだっ、恥《は》ずかしい……！」

反射的に脚を閉じようとしたけれど、総ちゃんの手がそれを制する。

手錠により引っ張られた私の手を太腿《ふともも》に添えて、まるで自分から脚を開いているかのようにさせられた。

「熟《う》れた果実みたいだ。ピンク色で、蜜を湛《たた》えて、ヒクヒクと震えて。初海をこんなふうにしたのが俺だと思うと嬉しいよ」

濡れた秘部にふう、と吐息がかけられて、一瞬ひやりとしたあとに、じわじわと熱くなる。次の瞬間には、強い電流が流されたような快感が身体中を突き抜けた。

「やあ、あ、ああ……っ、ん、あ、あああっ」

ぬるぬるとした柔《やわ》らかな舌が、襞《ひだ》を丁寧に開いて舐《な》める。指で強く擦られるのとは違う緩慢《かんまん》で優しい動きに、腰が浮いて身体が震える。

「だめ、そんなとこ……っ、汚いから、あっ」

なにしろ私はシャワーすら浴びていない。総ちゃんにだけは絶対に見られたくないと思っていたのに、自分でも見たことのない恥《は》ずかしいところを、この人はいとも簡単に次々と暴いてしまう。

「初海の蜜は甘い。俺も酔いそうだ」

くぐもった声と共に、ピチャピチャと淫《みだ》らな音がいやらしく響く。

強すぎる快楽は猛毒のようだ。舌で敏感なところをちろちろと舐《な》められていると、理性や羞恥心《しゅうちしん》すらも溶かされていってしまう。

恥《は》ずかしいのに気持ちいい、やめてほしいのに抗《あらが》えない。

そんな矛盾する気持ちが交互に浮かんでは、波に攫《さら》われて遠くへ流れていく。

総ちゃんに貪《むさぼ》られているところ以外の感覚がなくなってしまったかのように、神経がすべてそこに集中する。

舌では届かないもっと深いところが、きゅうっと切なく痺《しび》れて戦慄《わなな》いた。

「あんっ、あ、ヤだ、なにか、きちゃう……っ」

なにかに縋《すが》り付きたくて、総ちゃんと触れ合っている手に力を込める。つま先がシーツを蹴り、打ち上げられた魚のように身体がビクビクと大きく跳ねた。

「あっ！　ああああ……っ！」

快楽が一気に破裂して、真っ黒だった世界が白く染まる。

そんな中でも、繋がれた手の温もりだけはずっと鮮明だった。

ぐったりと手足を弛緩《しかん》させていると、不意に左手が持ち上げられる。

カチャリと、今度は乾いた金属音がした。だけど嵌《は》められた手錠は相変わらず付いたままで、総ちゃんが手を動かすたびに手首がぶらぶらと宙で揺れる。

——こんな使い方に、なんの意味があるんだろう？

手錠とは本来、相手の自由を奪って逃走を防ぐためのものだ。でも、もう私には逃亡の意思もなければ気力もない。

今だって、総ちゃんの邪魔にならないように大人しくしている。

この手錠では拘束の意味を成さない。お互いの自由を少しずつ奪いながら、それでも自分のそばに繋ぎ止めようとしているだけだ。

こんな真似《まね》をしなくとも、私は総ちゃんのそばからいなくなったりしないのに……

そんなことを考えながら油断していると、ぐるりと身体が反転した。頬がシーツに押しつけられて、代わって腰が高く持ち上げられる。

——やだ、これって……

「もう終わりだと思ってないよな？」

蜜口に切っ先が宛がわれるのを感じて、さっき達したばかりだというのにふたたびそこが熱くなる。

「——ん、あっ」

にゅぷりと入り口を押し広げながら、熱い杭《くい》がずぶずぶと埋め込まれた。

初めてのときのような痛みはなかった。

それどころか、熱い塊が擦れていくのがむしろ気持ちいい。異物を押し出そうとするのではなく、もっと奥までと求めるように膣が無意識に締まると、隘路《あいろ》をこじ開けて進むものの形が手に取るようにわかってビクビクと身体が震えた。

「……痛むか？」

気遣うような総ちゃんの問いかけに、首を横に振って応《こた》える。

「痛くな……、きもち、いい……んあぁっ！」

パンと強く腰を打ち付けられて、衝撃で背中が仰け反った。

「ったく、この状況で煽《あお》るな」

ギシリとベッドが大きく軋《きし》む。

総ちゃんの両手が私の腰を強く掴《つか》み、容赦《ようしゃ》のない抽挿《ちゅうそう》が始まった。身体ごとぶつかってくるような衝撃に、華奢《きゃしゃ》な私は前後に大きく揺さぶられる。

ごりごりと最奥を穿《うが》たれて、真っ暗な目の前に星が飛ぶ。

「あぁっ、んっ、総ちゃ……待って、手が、外し……てえっ」

激しく攻められているところよりも、左肩のほうが地味に痛い。手錠で繋がった左手が、うしろ手に捻《ひね》られるようになっている。痛みに快楽を邪魔されているのが嫌で、見えないままで振り返って懇願《こんがん》する。

「ああ、そうだな。悪かった」

やっと自由にしてもらえる。ほっとしたのも束の間、総ちゃんは手錠の上から私の左手を掴《つか》み、私たちが繋がっている場所へと導《みちび》く。

添えられた指が、私の指を広げさせて押さえつける。指と指の間を、太い肉棒が行き来していた。

「わかるか？　おまえの中に俺が入ってる」

背中にぴったりと張り付いた総ちゃんが、耳元でいやらしく囁《ささや》く。

総ちゃんのそれは指を掠《かす》めて奥へと潜《もぐ》り、蜜を纏《まと》って戻ってくる。溢《あふ》れた蜜が私の指に伝わって、あまりの生々しさに目眩《めまい》がした。

「ああっ、やだ、あ、はんっ、ああんっ」

「こんなに小さいのに、咥《くわ》え込むのが上手いな。俺のほうが辛いくらいだ」

はあ、と熱い吐息が首筋に触れる。

辛いと言うわりに律動は収まる気配がない。激しく揺さぶられるのをシーツに頬を埋めて耐えていたが、その内に目隠ししていたネクタイが徐々に緩んできた。

隙間から光がうっすらと差し込んでくるけれど、目に映るのは部屋の景色ばかりで、私を激しく攻め立てている愛しい人の姿はどこにも見えない。

「総ちゃ……いや、顔が見たい……っ」

私の中にいるのも、背中に感じる体温も、耳元の荒い吐息もすべて総ちゃんのものだとわかっている。

だけど、それだけでは満足できないのだ。

この人は今、どんな顔をしているのだろう。どんな目で私を見ているのだろう。

苦しそうなのか、嬉しそうなのか、私と同じ気持ちで感じてくれているのだろうか——確かめずにはいられない。

「初海。これはお仕置きだぞ?」

荒い吐息の向こう側で、総ちゃんが呆《あき》れたような声を上げる。

だけど——そもそも、なんでこんなことになったんだっけ?

酔っ払って、油断して、恋人の実の妹にプライベートを暴露《ばくろ》した。たったそれだけのことなのに、執拗《しつよう》なお仕置きを受ける必要があるのだろうか。

罰なら受けたし反省もした。もういい加減、ご褒美《ほうび》をくれたっていいはずだ。

「いや……っ、いやだ、顔が見たい……、キスが、したい……の、お」

嫌なんだ、寂しいんだ。ひとりで気持ちよくなりたいわけじゃない。

いつだってそばに貴方を感じて、同じ目線で同じ気持ちを共有したいだけなのに。

そこから先は、なにを口走ったか自分でもよく覚えていない。ただ、横たわっていた身体を引き起こされて、振り向いた先に総ちゃんの姿があった。

唇と唇が優しく重なり合う。ようやく顔が見えて、キスができて、満足した私はふにゃりと笑う。

「……やっぱりおまえは油断ならないな」

ため息混じりに呟いた総ちゃんに、ふたたび激しく突き上げられて啼《な》かされたのだけれど、それでもいいと思えるくらい満足だった。

ようやく手錠から解放されたのは、ベッドから起き上がれなくなるほど酷使《こくし》されたあとだった。

後半はほとんど暴れなかったのだが、長い時間拘束されていた手首には痕《あと》がくっきりと残ってしまった。

そんなものにさえ、総ちゃんは愛おしそうにキスをする。

「こんなもので繋がなくても、俺はずっと前からおまえに捕まっているのにな」

手錠を掛けられたのは私なのに、どうして総ちゃんがそんなことを言うのだろう？

「ところで、初海」

手首に唇を寄せたまま、総ちゃんが上目遣いに私を見る。

「お互いに顔が見えていたほうが、安心するだろう？」

にっこりと微笑まれて、さすがに返す言葉もなかった。

結局、総ちゃんのほうが一枚も二枚も上手《うわて》なのだ。私がどんなに足掻《あが》いても、所詮《しょせん》は総ちゃんの手の平の上で転がされている。

——だけど、私に対する総ちゃんの執着はどこからくるのだろう？

これほどの執着や独占欲を向けられると、逆に不安になる私だった。

数週間後。その答えは、意外な形で明らかになる。

その日、私は仕事でお遣いを頼まれて外出していた。取引先に持参するはずの書類を忘れてきたという営業さんのSOSを受けて、スマホで地図を確認しながらオフィス街を右往左往《うおうさおう》してなんとか届けることはできたのだけれど、はっきり言って迷子になっていた。

行きはいいのだ。会社を出て、最寄りの駅から何個目の信号のいくつめの角を曲がってと数えながら進めばいい。

だけど、お役目を果たして安心して外に出ると、自分がどちらの方向から来たのかさえわからない。

周りは同じようなビルばかりだし、目印にしていたコンビニなんてどこにでもあるし！

とにかく見覚えのある建物とスマホを見比べながら歩いていたら、オフィス街ではなく雑居ビル群へと入り込んでしまった。

ちょっとくたびれた看板に切れたネオン管が並ぶ歓楽街は、夜になれば仕事帰りのサラリーマン客で賑わうのだろう。でも今は、日中だというのにどこか薄暗く閑散《かんさん》としている。

こういう場所は、夜もだけど、明るい時間でもひとり歩きするのは苦手だ。

だが手元の地図によると、ここを抜けるのが会社までの近道になるらしい。

時刻はもうすぐ正午になる。ランチタイムまでには戻りたいし、この時間であれば酔っ払いが路上で寝ているなんてこともないだろう。

いくら私でも、次から次にトラブルに見舞われたりはしない。意を決した私は、周囲に気を配りながら歩き出す。

半分くらい進んだときだっただろうか、ふと背後に人の気配を感じた。

この都会で、人のいない路地なんてのはそうそうない。だから人がいるのは当たり前で、むしろそのほうが安全なはずなんだけど、やっぱり怖いものは怖い。

人気《ひとけ》のない路地。自分ひとり。背後に気配。……嫌な記憶がフラッシュバックする。

足音は段々と近づいてくる。私の足も自然と早足になるのに、距離が離れるどころかすぐそこにまで迫ってきている。

「――あの」

「ひっ！」

うしろから声を掛けられて、身構えていたにもかかわらず肩がビクッと大きく震えた。

「だ、大丈夫ですか⁉」

突然大きな声を上げた私に、声を掛けた人物のほうが反対に驚いていた。

「怖がらせてすいません。ちょっと、見覚えがあるなと気になったもので」

そう言った男の人に、私は見覚えがない。

年齢は私よりも上で、三十代前半ぐらいだろうか。一応は上下スーツを着ているので、飲み屋街の住人といった感じはない。

――昼間っから、新手のナンパ、かな？

「先日、成瀬管理官と一緒にいた方ですよね？　ほら、あなたの会社で。あのとき伺った四谷《よつや》と言います」

そう言って彼は胸ポケットから桜の代紋が入った手帳を取り出す。

四谷光司《こうじ》、階級は巡査部長――まったくもって覚えがない。

だけど、彼が言っているのは先日の元課長との事件のことだろう。総ちゃんや八乙女さんの他にも何人か刑事さんがいたから、その内のひとりなのかもしれない。

「――ああ、あのときの！　その節はお世話になりました」

さも今、思い出したかのようなふりをして頭を下げる。

総ちゃんや八乙女さんの名前を知っている刑事さんなら、怪しい人ではないだろう。

「いいえ。大事《だいじ》に至らずよかったですね。あれから事情聴取《ちょうしゅ》に来られないので心配していました」

笑いながらなのに、彼の言葉にはどこか棘《とげ》を感じた。総ちゃんは必要ないと言ったけど、やはり私は署に出向いて聴取《ちょうしゅ》を受ける必要があったのかもしれない。

「ところで、今日はこんなところでなにを？」

四谷さんがおもむろに周囲を見回した。ＯＬの格好の私がいるには些《いささ》か場違いなところである。

「ちょっと、道に迷ってしまいまして」

「そうでしたか。この辺りは最近物騒な噂があるので気をつけたほうがいいですよ」

こんな場所をひとりでふらふらと歩いていた私を不審に思って、声を掛けたらしい。

事情を知った四谷さんは、私を大通りまで送ってくれた。実際に歩いてみると裏路地はけっこう入り組んでいて、道案内がなければさらに迷子になっていたかもしれない。

「ありがとうございました。助かりました」

帰り道がわかる場所まで着いたので、お礼を言って立ち去ろうとした。予定の時刻からはオーバーしてしまったので、ちょうどランチタイムになったところだ。

「そうだ、せっかくなんで昼飯でもどうですか？」

「え……？」

四谷さんの申し出に、当然ながら困惑した。

「迷惑ですか？」

「いえ、そういうわけでは……」

誘ってくれたのは善意だと思う。だけど、ほぼ初対面の人とランチに行くのは憚《はばか》られる。それに私はお昼休みだけど、四谷さんはまだ職務中じゃないだろうか。

口には出さなくても拒否のオーラを出す私に、四谷さんは苦笑いした。

「実は昼飯を食べに持ち場を離れたところだったんですよ。でも、ひとりで店に入るのは苦手で。もしよければ、一緒に来て頂けたら助かるんですが。もちろん私の奢《おご》りで」

そう言われると、親切にしてもらった手前もあってなおさら断りにくい。

それに、この人は総ちゃんの部下だ。ここで私が失礼な態度を取ったら、総ちゃんの評判にも傷がつくかもしれない。順調に出世コースを歩んでいる総ちゃんの足を、私が引っ張るわけにはいかないのだ。

「じゃあ、この近くによく行くカフェがあるんですけど、どうですか？」

苦肉の策で提案したのは、亮ちゃんのバイト先のカフェだ。あそこなら日頃から利用しているし、もしかすると七緒さんたちもランチに来るかもしれない。

三佳ちゃんには『外出していて帰りが遅くなったので、食べてから戻ります』とメールを入れた。

だけど、訪れたカフェには亮ちゃんも七緒さんも不在だった。亮ちゃんのシフトの把《は》握《あく》なんてしていないから、これぱっかりは仕方がない。

窓際の席に通されて、本日のランチを注文する。

――さて、注文したものが届くまでなにを話そう?

「そういえば、えっと……睦永さんは、成瀬管理官とどういったご関係で?」

共通する話題といえば、総ちゃんしかなかった。

「そ……成瀬さん、とは、実家が隣同士で、彼の妹と私が幼なじみで」

総ちゃんの職場の人の前で愛称で呼ぶわけにもいかず、呼び慣れない名字は口に馴染《なじ》まない。

あと一言『私の恋人です』と付け足すこともできたけど、あえて宣言するのもどうなんだろう?

「そうでしたか。それで管理官は自《みずか》ら出向いていたんですね」

「はい……会社には、彼の妹も勤めているので」

「あの方は優秀ではあるんですけど、ちょっと立場をわきまえない行為が目立つというか。普通は現場のことは現場に任せるものなんですが、補佐である八乙女刑事を連れ立っての単独行動は目に余るものがあるんですよ」

「はあ……」

――八乙女さんとふたりなら「単独行動」ではないのでは?

四谷さんの口振りから察するに、この人は総ちゃんに対してあまりいい印象を持っていないのかもしれない。

「いくら恋人同士とはいえ、公私混同だと思いませんか？」

「はい……えっ!?」

最初は自分のことを指摘されたのかと思った。でも、その後に続く話の流れから、そうでないとわかる。

「ご存じありませんでしたか？　管理官と彼女は地方赴任まで一緒に行っていた仲なんですよ。噂だと、同棲していたとか。お互いにキャリア組で相性がいいんでしょうけど、仕事もプライベートもいつもべったりというのは息が詰まりませんかね」

自分だったら嫌だなと笑う四谷さんに、そんなはずないと思っていても不安が広がっていく。

「それ、本当ですか……？」

「うちの部署では有名な話ですよ。そんな状況にありながら、管理官には上層部からの縁談も引っ切りなしと聞きます。縁談を受ければ将来は約束されたも同然。結婚相手を選択するだけで出世できるなんて、羨《うらや》ましい限りですよ」

四谷さんはやけに上機嫌で、運ばれたランチを食べている間もずっと饒舌《じょうぜつ》に喋っていた。

私は心ここにあらずで、適当に相づちを打ちながら、ほとんどを聞き流す。

失礼だとは思うけど、初対面の男の人と会話を弾ませるほど社交的でもなければ、心の余裕もないのだ。

総ちゃんが八乙女さんと付き合っているとか、縁談話があるだとか、聞いていない。そんな話をしたことなんて一度もないのだから、当たり前だ。

八乙女さんと付き合っているなんて嘘に決まっている。あの潔癖な人が、二股をかけるようなだらしない真似《まね》をするはずがない。

だけどさっきの話にも妙に現実味がある。優秀な人同士がくっつくのも、出世のために結婚するのも、一般の会社に勤めていてもよく聞くことだから。

――それに、もしも四谷さんの話が本当だったら？

八乙女さんと別れてまで、出世の道を蹴ってまで、選ぶ価値が私にあると思う？

総ちゃんの私に対する愛情は疑う余地はない。だからこそ、私は不安になる。

無くしたときの喪失感を考えるだけで、いてもたってもいられないほど――

ランチを終えた四谷さんは、仕事に戻るため先に店を出た。

「あれ、初海ちゃん」

「……亮ちゃん。今日は、午後から？」

ちょうど入れ替わりに、亮ちゃんがバイトに現れた。

うしろ手でエプロンを結びながらフロアに出てきた亮ちゃんは、私の向かいの席のプレートを片付けるために手を伸ばす。

「亮ちゃん、八乙女さんって知ってる……？」

「えっ!? か、薫さん!?」

ガッシャンと大きな音を立てて、亮ちゃんはプレートを取り落とした。

「ちょ、ちょっと亮ちゃん、大丈夫？」

「あ……平気、平気。よかった、割れてない」

幸い被害はなかったけれど、亮ちゃんがここまで取り乱すのを、私は見たことがない。

――ただ、八乙女さんの名前を出しただけ、なのに。

「そ、それで、薫さんが、どうかしたの!?」

「……なんでもない」

焦りながらもふたたび笑みを浮かべた亮ちゃんとも、会話を続ける気にはなれなかった。

第六話　不審者ホイホイ発動中

「ねえ、初海ちゃん。最近よく警視庁の四谷さんと会ってるよね？」

「――へ？　あ、うん。そうだね」

更衣室で帰り支度をしている最中、三佳ちゃんからの質問にギクリと肩を揺らした。

やましいことがあるわけじゃない。でもあれ以来、なぜか四谷さんは頻繁《ひんぱん》に私の前に現れるようになった。

「例の事件の事後処理、らしいよ。でも、それもすぐに終わると思う」

一緒にランチをした翌日、四谷さんは元課長の事件の追加捜査だと言って職場まで訪ねてきた。だけど、いくつか質問はされても大したことは聞かれず、世間話をしてすぐに帰っていった。

それで終わりと思っていたのに、なぜかその後も仕事帰りにばったりと出くわしたり、最寄りの駅で偶然会ったりが続いている。

最初のうちは思い過ごしかと疑っていなかったけれど、こうも頻繁《ひんぱん》だと嫌でも気づく。事件の被疑者として疑われている……とかいうわけではないらしい。そもそも身に覚えはない。

四谷さんは会うたびに他愛のない世間話をして、私を食事に誘おうとする。もちろん断っているけれど、気に入られてしまったのかもしれない。

だけど、普段であればそれを相談や報告しなければならない相手に、私はなにも言えずにいる。

「そのこと、お兄《にい》は知ってるの？」

「……総ちゃんの指示でなければ来ないでしょ」

「それもそうよね」

呟きながら納得した様子の三佳ちゃんに安心して、バレないように小さくため息を吐く。

総ちゃんはまた大きな事件の捜査に入ったとかで、ほとんど帰宅しなくなった。

電話やメールで安否確認はあるものの、たまにかかってくる電話越しの声は疲れていて、とても会話を続けられる雰囲気ではない。

世の中を守る大切な仕事をしているのだから、邪魔はしたくない。疲れているなら自分の身体を大切にしてほしい。くどいようだが、私にやましいことはないので、なるべく総ちゃんの手を煩《わずら》わせたくなかった。

その一方で、傍《かたわ》らにはいつも八乙女さんがいるのかと思うと面白くない。

今、総ちゃんと話をしたら、八乙女さんとの関係を問い詰めてしまいそう……

要するに、いろんな感情が複雑に入り交じって今日《こんにち》に至っている。

帰る方向の違う三佳ちゃんと会社で別れて駅に向かうと、やっぱり今日も四谷さんの姿があった。だけど、向こうはまだ私に気づいた様子はない。

――こうなると、完全に待ち伏せだよね？

もしも四谷さんが私に好意をもっているというなら、キッパリハッキリとお断りしたい。私には総ちゃんがいるし、こんなストーカーみたいな真似《まね》をされたら気分だって悪い。

しかし、証拠はない。もしかしたら、張り込み現場がたまたま私の行動範囲内なだけだったという可能性もある。そうなったら、とんだ勘違いの赤《あか》っ恥《ぱじ》だ。

――よし。こうなったら、やり過ごそう。

駅へと流れる列からさりげなく抜け出して、そのまま通り過ぎる。このまま次の駅まで歩くくらい、ダイエットだと思えばどうってことないのだ。

誰かがつけてくる気配はなく、私を待ち伏せしていたのなら刑事のくせに注意散漫ね、と調子に乗りかけたときだった。

「あ、睦永さん！　ちょっと、どこに行くんですか!?」

背後からの大声に、思わず振り返ってしまった。人垣の向こうにいる四谷さんは、私に向かってぶんぶんと手を振っている。

――ひいいっ、気づかれた！

「待ってたんですよー！　今日こそ、一緒にどうですかー？」

しかも、もう待ち伏せを隠していない。偶然を装っていた日々は、なんだったんだ？

公衆の面前で大声で話しかけられ、恥《は》ずかしいやら怖いやらでパニックになった私は――逃げることにした。

「きょ、今日は用事があるんです！　急いでいるんで、失礼します！」

猛ダッシュで駆け出し、裏路地に飛び込んで闇雲に走った。

飲み屋街の店と店の隙間をくぐり、細道を抜けて、どれくらい走ったのだろう。ようやく比較的大きな通りまで出る。

足を止めた私は、肩で息をしながら周囲を見回して目を瞠《みは》った。

夕方だというのに、ド派手に瞬《また》くピンクのネオン管。密集した看板には平仮名や片仮名でやけに可愛い店名が並んでいる一方、貴賓館《きひんかん》やら迎賓館《げいひんかん》やらという格式高そうな文字も躍っているが、セレブを迎えるには少々安っぽくて古い建物ばかりが並んでいる。

――ここって、いわゆる風俗店エリア？

存在自体は知っていても、利用することはないので足を踏み入れるのは初めての未開の地。

比較的時間が早いせいか、まだ辺りは閑散《かんさん》としている。

それでも、店先に飾られたセーラー服や際どいベビードール姿の女性の写真を食い入るように見つめているおじさんもいるし、出勤途中っぽい水商売風の女の人もいる。

自分の場違い感が半端《はんぱ》ない。いたたまれなくなって、バッグで顔を隠しながら建物の陰にそっと身を潜《ひそ》めた、そのときだった。

私がいるのとは反対側の通りから、一組の男女が歩いてくる。

二人共背が高いので、その存在は遠目にも目を惹いた。

前髪をうしろに流し、銀色の眼鏡とダークスーツというういつものスタイルの総ちゃんと、ファー付きのコートに身を包んだシックな装いの八乙女さん。

腰に手を回し肩を寄せ合いながら歩く姿は、とてもじゃないが警察官には見えない。

二人は顔を近づけて親しげな様子のまま、ある建物の中へと吸い込まれていった。

完全に姿が見えなくなったあとで、よろよろと建物の陰から出てきた私は、そこに掛けられていた看板を確認する。

――まさかというか、やっぱりというか。

そこは間違いなく、男女が逢瀬《おうせ》するラブホテルだった。

＊＊＊＊

――歓楽街近くの駐車場にて。

「ここも空振りでしたね」

総一郎が停めていた車の後部座席に腰を下ろすと、運転席へと乗り込んだ八乙女がため息混じりに呟く。

先《せん》だっての殺人死体遺棄《いき》事件の容疑者は逮捕されたが、主犯である組織の人間はいまだ逃亡中である。資金源になっていた風俗街に潜伏《せんぷく》している可能性が上がったため、現在捜査員を配置して捜査しているが、進展は見られない。

「しかし、管理官ともあろう人が、わざわざ現場に出なくとも」

「事件を指揮するならまず現場を知らなくては、だろう？　俺のように着任して日の浅い人間は、現場経験が少ないことを理由に舐《な》められるからな」

「管理官の姿勢は立派ですが、中には快《こころよ》く思っていない方々もいるようですよ」

「言いたい奴には言わせておけばいい」

自《みずか》らも現場の捜査に加わることは、上層部にも報告をして許可は取った。現場経験を積むというのはもっともらしい理由だが、実はその他の事情もある。

「それに君も、案外乗り気だったじゃないか」

付き合わされる形になった割には、自前の衣装まで用意してきた八乙女にバックミラーを通して視線を送ると、珍しく目を輝かせていた。

「もちろん。私も刑事ですから、こういう捜査を経験したいと思っていました。でも、あんなところを管理官の彼女に見られたら、そちらのほうが厄介《やっかい》かもしれませんね」

ついでと言わんばかりに、八乙女は悪戯《いたずら》っぽく笑みを浮かべる。

「その心配は無用だ。嫉妬《しっと》してもらえるのは恋人冥利《みょうり》に尽きるからな。初海に可愛らしく嫉妬《しっと》してもらえるのかと考えただけでゾクゾクする」

「……管理官、本音が漏れています」

八乙女がスッと真顔に戻ったが、今さら隠す必要はないし、からかいを含んだ笑みを引っ込められたので問題はない。

「それに誤解をしたとしても、そんなことで離れられるような生半可《なまはんか》な愛し方はしていないからな」

俺が自信満々なのには根拠がある。

初海を捕獲するための罠《わな》は、昔から幾重《いくえ》にも張り巡らせてきた。それこそ、日々の生活から食の好みに至るまで、初海の思考に深く入り込んできた結果、今ではなにをするにしても俺を意識しているに違いない。

それはある意味、調教とも言えるものだろう。

「たいした自信ですね。でも、わざと嫉妬《しっと》させようなんて考えないほうが賢明《けんめい》ですよ？人の気持ちを試す行為ですからね」

「あくまで想像するだけだ。妄想にも年季が入っているから心配はいらない」

初海と晴れて恋人同士になった暁《あかつき》には、ああしてやろうこうしてやろうと、どれだけ思いを馳《は》せてきたことか。そうすることで欲求を満たしてきたのだから、実行する前に自己完結させるくらい朝飯前である。

――そうしてやっと、想いが通じ合ったというのに。

最近の初海は、意外な一面を見せるようになった。

知らなかった彼女を知ることが、彼女が誰にも見せない顔を自分だけに見せるのが堪《たま》らない。長年の我慢が報われていく充足感に、柄《がら》にもなく浮かれている。

必死に自分に応《こた》えようとする健気《けなげ》な初海に、数ある妄想のストックからこれならば許されるのではないかというものを引き出して実行したくなってしまう。

「俺の心配より自分の心配をしたらどうだ？」

「ご心配なく。私にも、想いを寄せてくださる可愛い殿方がいらっしゃいますから」

笑っていない目でにこりと微笑んだ八乙女だったが、なにかを思い出したのか急に真顔に戻る。

「そういえば、現場から上がってきた話ですが、四谷巡査が頻繁《ひんぱん》に持ち場を離れているそうです」

「四谷か……」

一刻も早く事件の決着をつけたいというのに、不真面目な捜査員がいるのは悩みの種である。

仕事に対する熱意も実力もないのにプライドだけは高く、いつも苦虫を噛み潰したような顔をしている男のことを思い出す。

ノンキャリアの四谷は、当初から俺の存在を目の敵《かたき》にしていた。大人しく指示に従わないのには反発心もあるのだろうが、もうひとつ思い当たる節がある。

「たしか四谷は、君に言い寄ってたんじゃなかったか？」

「彼は大人しくて従順な女性がタイプだったので、私がそうでないと気づいて別の女性に心変わりしたみたいですよ。どうやら、その女性のもとに頻繁《ひんぱん》に通っているようです」

大人しくて従順な女性というのに、確信めいた不安が過《よぎ》った。

四谷の周囲に、理想を満たす女性が偶然現れただけなのかもしれない。

しかし、その「偶然」を絶妙に引き当てる人物にも心当たりがある。

初海と四谷に接点はなかったと思ったのだが。そういえば、初海の会社で起きた事件の際に応援に来た刑事の中に、四谷の姿もあった。

「――また、変なのを引っかけてなければいいけどな」

胸ポケットからスマホを取り出し、事情を知っているであろう妹へと繋がるボタンを押した。

＊＊＊＊＊

自宅に戻った私は、電気もテレビも点《つ》けずに暗闇の中でじっと蹲《うずくま》っていた。

ラブホテルへと入っていく二人の姿を見たとき、血の気が引いた。しかも相手は、疑惑の八乙女さんである。

肩を寄せ合いながら歩く二人は、まるで本物の恋人同士のようだった……

仕事だと、そんなはずないとわかっている。だけど私は、いつまでこうやって自分に言い聞かせなければならないんだろう。自分に自信が持てなくて、いつか総ちゃんに捨てられるんじゃないかと怯《おび》えなくてはいけないいんだろう。

どのくらい経ってからか、外の廊下を歩く足音が聞こえた。段々と近づいてきた音は私の部屋の前を通り過ぎて、ひとつ隣で止まる。

——帰ってきた！

開いた扉が閉まるのを確認してから、自分の部屋を出る。そしてすぐに、隣の家のインターホンを押した。

『はい』

「私……初海です」

『ちょっと待って』

すぐにドアが開き、総ちゃんが顔を出す。帰宅直後に訪問を受けるとは思っていなかったのだろう、上着を脱いでネクタイを外しただけの姿で、少し驚いた顔をしている。

「どうした？」

「ちょっと話したいことがあって。入ってもいい？」

「いいけど、なにもないぞ」

クスッと小さく笑った総ちゃんは、とても無防備だった。

招かれた部屋には元々三佳ちゃんが住んでいた。総ちゃんと入れ替わったときにある程度の荷物は亮ちゃんのアパートへと送ったが、残された家具やカーテンの色に女の子っぽさが残っていて、それが総ちゃんとはあまりにも不似合いだ。

総ちゃんの荷物はいまだに開封されることなく段ボールのまま部屋の隅に置かれている。ベッドはあるけど、そこで寝ていないのだろう。テーブルが取り払われたリビングと、ベッドの上にきちんと畳まれた布団一式がそれを物語っている。

「……総ちゃん、いつまでここに住むの？」

「住む気はあるが片付ける暇がないだけだ」

コンロに火を点《つ》けて、総ちゃんはコーヒーを淹《い》れ始めた。ヤカンもマグカップもインスタントのコーヒーも、三佳ちゃんが買った物だ。

きっと総ちゃんは、この部屋に長く住むつもりはない。私を監視する目的で強引に三佳ちゃんと入れ替わったのは事実だろうけど、もしかしたら自分の家には帰れない別の理由があるのではないかと疑ってしまう。

——たとえば、つい最近まで八乙女さんと同居していたとか？

そんなよからぬ妄想に取りつかれそうになっていたとき、先に総ちゃんが口を開いた。

「ちょうどよかった、俺も聞きたいことがある。最近、おまえの周りに変な男がうろついていないか？」

「――へ？」

総ちゃんが聞いているのは、恐らく四谷さんのことだ。

今日は追及するのは自分の役割だと思い込んでいた私は、突然のぶっ込みに出鼻を挫《くじ》かれ、さぞ視線を彷徨《さまよ》わせたことだろう。

「亮次郎に聞いたが、カフェに会社の人間以外と食事に来たそうだな？　三佳からも最近、初海がなにか隠し事をしているようだと話があった」

さすがは総ちゃんの弟と妹。双子のサーチ能力はやはり優秀だった。

四谷さんと訪れたときには亮ちゃんはいなかったというのに、あとで他の店員さんに確認したのかもしれない。三佳ちゃんにも勘づかれないよう気をつけていたつもりが、しっかりバレていたらしい。

元は総ちゃんに言いそびれただけとはいえ、結果的に隠すようになってしまってバツが悪い。

「私が誰と会っていようが、総ちゃんには関係ないでしょ」

そうなると、誤魔化《ごまか》そうとして自然と口調がきつくなる。

「関係ないことはないだろう」

不服そうな顔をした総ちゃんにマグカップを手渡されて、とりあえず総ちゃんとは距離を持って座る。

なんとなく、隣に座るのは憚《はばか》られたからだ。

「知らない相手との食事に亮次郎のいる場所を選んだことは褒めてやるが、三佳にも黙っているとなると自《おの》ずと相手は俺の知り合いに絞られるな」

ううむ、さすがに鋭い推理力……っていうか、その口振りだとすでに相手の目星もついているのかもしれない。

「おまえに近づいた目的はわかっているのか？　男の親切の大半は下心だと教えたはずだが？」

「その教え、すごく偏《かたよ》っていると思う」

「だが四谷は、目的があっておまえに目をつけているんだろう？」

「だと思う……って、やっぱり誰かわかってるじゃん！」

「まったく、おまえは次から次と変なのに目をつけられる」

はあ、と短く息を吐き出した総ちゃんは、おなじみの呆《あき》れ顔で丁寧に整えていた前髪をくしゃりと乱した。

「あの男は少し前までうちの八乙女に気があったはずが、またずいぶん違うタイプに行ったな」

この言葉に、私の中に封じ込めていたものの蓋《ふた》がパカッと開いた。

元々、今日は八乙女さんのことを尋ねるつもりでいた。だけど、総ちゃんからは先に聞きたくなかった名前と、彼女に対する身内発言。さらに、彼女と自分とではタイプが違うと言われてしまっては、聞き流せるはずがない。

だって、どう考えても、私のほうが劣《おと》っていると言われた気がしたんだもの。

「……そんなの、総ちゃんには言われたくない」

「はあ?」

「総ちゃんだって、八乙女さんとホテルにいたくせに」

強く握り締めたマグカップの中で、コーヒーがゆらゆらと揺れている。それくらい私は怒っているし、動揺していた。

「あれは仕事だ……というか、あんな場所にいたのか? あんな物騒なところをひとりでフラフラして、なにかあったらどうするんだ」

「そんなの今は関係ないでしょう!? 総ちゃんはいつもそうだよね、自分はよくて私はダメとか、全然フェアじゃない!」

「俺は仕事なんだから仕方ないだろう。それともなんだ、おまえもホテルに行ってみたかったのか?」

「ちっがーう！　そういうことを言ってるんじゃないの！」

――ラブホテルなんか、ちっとも羨《うらや》ましくなんかないやい！

私だって好きであの場所にいたわけではなく、道に迷って仕方なくだ。あんなことがなければ、自分から行こうとも行きたいとも思わない。

だけど、最初から禁止されるのと、自分で決めるのとでは大違いだ。

私とて、もう子供ではない。自分の行動くらい自分の意思で選択できる。でも総ちゃんは、いつも私に考える時間を与えることなく否定して禁止して命令する。

「今日だって、聞きたいことがあったのは私のほうだったのに！」

「八乙女のことか？　だからあれは仕事で、それ以上のことはなにもない」

「嘘！　だって四谷さんが、二人は恋人同士だって言ってた！」

「――おまえは俺じゃなくて他の男の言ったことを信じるのか？」

眼鏡の奥の瞳が冷たく光って、思わず背筋が凍った。

「だ、だって四谷さんが……」

「いい加減にしろ。嫉妬《しっと》は許せるが、そう何度もおまえの口から他の男の名前を聞かされるのには我慢の限界がある」

総ちゃんの眼光がますます鋭くなって、私は萎縮《いしゅく》してしまう。

総ちゃんの口から他の女の人の名前を聞きたくないのは私も同じだ。だけど私は、それを総ちゃんに伝えることができない。

「だって……私は、総ちゃんに好かれている理由も知らないし、自信だってないもの」

「おまえ……まだそんなことを言うか？」

途端に、険しかった総ちゃんの顔がポカンとしたものに変わる。まだ疑うのかと呆《あき》れているのが明白だったけど、私も引くに引けなかった。

「ないものはないの！　だいたい、総ちゃんはいつから私のことが好きだったの⁉」

ずっと私が好きだったなんて言いながら、総ちゃんは女性の扱いに慣れている。

長い間想い続けてきたみたいな口振りだったけど、実際は大して昔ではないのかもしれない。

そんなふうに疑ってしまうのは、総ちゃんから受けた教育が少なからず影響しているに違いない。

「私に近寄ってくる男の人には碌《ろく》な人がいないって、総ちゃんが言ったんだよ。だから、総ちゃんにもなにか裏があるって思って当然じゃない⁉」

もしもなにか思惑があったとしても、このままの関係が続けば、私は心も身体も総ちゃんに依存してしまいかねない。

そしてそれを失ったとき、私は私でいられなくなるだろう。

今は私に向けられている愛情が、ふとしたきっかけで他の人に移ってしまうかもと思

う と怖くなる。

だから私は自信がほしい。私を好きになってくれた理由が知りたい。

だけど総ちゃんは、なにも答えてくれなかった——いや、答えようとしているのかもしれない。

「それは……」

なにかを言おうとしては言葉に詰まり、宙を見つめて考え込む。

——私、そんなに難しい質問、した？

いつも自信たっぷりな総ちゃんらしからぬ態度に、余計にイライラしてきた。

あの総ちゃんを初めて追い詰めているというのに、ちっとも溜飲《りゅういん》が下がらない。

「もういい。総ちゃんの馬鹿！」

ついに痺《しび》れを切らして、持っていたマグカップをドンと床に置き、その場から立ち上がる。

くるりと玄関に向かいかけて、足を止めて振り返ると、案の定、総ちゃんも立ち上がろうと膝を立てていたところだった。

ここで捕まったら、また曖昧《あいまい》なまま誤魔化《ごまか》されるに違いない。

「言っておくけど、絶対に追いかけてこないでよ!?」

自分史上最高に不機嫌な顔で捨て台詞《ぜりふ》を残し、鼻息を荒くしながら総ちゃんの部屋を出た。

一度沸騰《ふっとう》した怒りはそう簡単には収まらない。自分の部屋に戻っても、隣から聞こえる微《かす》かな音にさえ反応してしまう気がして落ち着かなかった。

こうなったら、誰かに聞いてもらったほうがいい。ひとりで悶々とするよりも、総ちゃんの愚痴《ぐち》を聞いてもらうに最適な相手がいるじゃないか。

きちんと電話でアポを取って、こっそりと部屋を抜け出した。

わざわざタクシーを利用して訪れたのは、亮ちゃんのアパートだ。

「あのね、そんなくだらない理由でうちに駆け込まないでくれる？」

それなのに、私の話をひとしきり聞いた親友は、バッサリと切り捨ててくれたんだ！

モコモコの部屋着にヘアバンドと眼鏡という三佳ちゃんは、缶ビール片手にリビングの真ん中であぐらをかいて座っている。昼間の清楚《せいそ》な受付嬢の面影《おもかげ》はどこへ行った。

「うちって言うけど、ここ、三佳の家じゃないんだけどね」

我が物顔の三佳ちゃんに、本当の家主が穏やかに突っ込みを入れる。

「今は私の家でもあるの！」

――なんだ、その「おまえのものは俺のもの」みたいな発想は。

いや、私の知っている三佳ちゃんは、こういう人なのだ。見た目は可愛らしい女の子そのものなのに、中身はかなりサバサバしている。もはや男前と呼んでもいい。

私は豪快な彼女にいつも振り回されるけれど、不思議と居心地がよかったりもする。

三佳ちゃんも総ちゃんも、私を引っ張ってくれる存在であることに変わりない。そう考えると、私は根っから主従関係の「従」気質なのかもしれない。

「私のどこが好きとかいつから好きとか、ウザい女そのものじゃない。まさか、仕事と私のどっちが大事かなんてくだらない質問してないでしょうね？」

「聞くわけない……っていうか、どこが好きかも聞いてないから」

「でも気になって仕方ないくせに」

三佳ちゃんの言葉が、いつもより辛辣《しんらつ》なのも仕方がない。

「八乙女さんのことも、ただの部下だってわかってるんでしょう？　まさか初海ちゃんがそんなことを言い出すとはね」

「私も……そう思う」

本当はもっと冷静に話すつもりだった。成り行きとはいえ、なんて子供っぽいことをしてしまったのだろう。

私と仕事、どっちが大事かなんて、愚問《ぐもん》だと思っていた。どっちも大事に決まっているし、比べられるものではない。

テレビや雑誌でそんな話題を耳にするたびに、くだらない質問をする人がいると呆《あき》れていたのに、実際に目《ま》の当たりにしたら頭に血が上《のぼ》ってしまった。

「挙げ句に、お兄《にい》と八乙女さんの仲を疑ってた？　その豊かな発想はどうやったら生まれるのかしら」

ううっ、三佳ちゃんの冷たい視線が痛い。こういうところ、総ちゃんにそっくりだ。

あのときはついムキになってしまった。

シュンとなった私にため息を吐いて、三佳ちゃんは亮ちゃんへと視線を移す。

「亮次郎はどう思う？」

亮ちゃんはほとんど考える間もなく、にっこりと笑った。

「比べるもなにも、兄さんにとって初海ちゃんと薫さんはまったくの別物だからね」

――グサッ。

亮ちゃんの一言は、弱った私に完全にトドメを刺した。

「いや、初海ちゃんをディスってるわけじゃないよ!?　兄さんにとって、初海ちゃんは昔から特別な女の子だったってことだから」

撃沈した私に、亮ちゃんが懸命にフォローを入れているけどもう遅い。

――どうせ私は、八乙女さんに比べればなにもかも劣《おと》りますよ！

「初海ちゃんは誤解してるのよ」

三佳ちゃんが缶ビールをグイと飲み干しテーブルに戻す。カンッという澄んだ音が鳴り、釣られて顔を上げる。

「他の人なんて関係ないの。お兄《にい》は昔から、初海ちゃんを妹とは見てなかったんだから」

「……それは、私が他人だから？」

「そういうことじゃなくて。本物の妹の立場から言わせてもらうと、お兄《にい》は私にはもっと冷たくて厳しいんだから」

同等の扱いを受けてきたと思っていたけど、三佳ちゃんにすれば思うところがあるらしい。

「本当に、今思い出しても腹が立つ……」

三佳ちゃんの手に、にわかに力が込められる。空き缶がメキメキと音を立てて、やがてぐしゃりと潰《つぶ》れた。

——これは本当に、いろいろあるみたい。

「たとえば護身術とか。お兄《にい》は初海ちゃんには教えなかったくせに、私には仕込んだでしょう？　あれは組み手中に、私には多少は正拳《せいけん》突きが当たってもいいけど、初海ちゃんには絶対に当てたくないからだったのよ！」

「——へ？」

「私は何発お兄《にい》の突きと蹴りを食らったことか。今では私、かなり強いのよ？　そんじょそこらの男相手には負けないんだから。この間だって、侵入者撃退講習で最高評価をもらったんだから！」

「そ、そうなの？」

たしかに三佳ちゃんは見かけに寄らず腕っ節も強いが、そこまで鍛えられていたとは。

「そういえば、二人でいるときに絡まれたら、三佳ちゃんは私を庇《かば》おうとしてくれてたっけ？」

「そのために仕込まれたに決まってるじゃない！　所詮《しょせん》私はお兄《にい》にとって、初海ちゃんを守る盾《たて》なのよ。世間ではか弱い女の子のほうが絶対モテるってのに、私は強くなりすぎたの。私がモテないのはお兄《にい》の陰謀なのよ！」

三佳ちゃんをモテないようにしたのは総ちゃんの思惑で間違っていないと思うけど、その方法は私に対するものとはずいぶん違っていたようだ。

「三佳、落ち着いて。それもあるけど、兄さんの本音は違うって」

ヒートアップしてきた三佳ちゃんを亮ちゃんが宥《なだ》める。

原形を留めていない空き缶を回収して、シンクに置いた亮ちゃんは、お代わりを持ってきて三佳ちゃんの隣に腰を下ろす。

「兄さんは、初海ちゃん自身は強くならなくてもいいと思ってたんだよ」

「……なんで？」

危険な目に遭うたびに、誰かが一緒とは限らない。自己防衛できるに越したことはないと思うのに、総ちゃんの考えがわからない。

「なにがあっても、初海ちゃんのことは自分が守るからって。初海ちゃんが言ったんだろ？　兄さんは、正義のヒーローだって」

――それはかつて、知らないおじさんに連れ去られかけた私が、総ちゃんに向けた言葉。

それが過保護の始まりであったことは覚えている。

だけど、そんな大昔の約束が、今も総ちゃんを縛り続けているとは到底理解できない。もしかして警察官になったのも正義のヒーローであり続けるためとか？　……まさか、そんな。

「あれから兄さんは、初海ちゃんだけのヒーローになったんだ。それくらい、兄さんにとって初海ちゃんは特別な存在なんだよ」

「ちょっと亮次郎、そこまで言っちゃっていいの？」

結構なことをぶっちゃけている亮ちゃんを、眉をひそめた三佳ちゃんが肘《ひじ》で突《つつ》く。

総ちゃんが語らなかったことまで暴露《ばくろ》しているのを、心配しているのだろう。だけど亮ちゃんは悪びれることもなく、ふわんとした人受けのいい笑みを浮かべる。

「たまにはいいんじゃない？　二人は一線を越えちゃってるし、兄さんの苦労を少しはわかってもらうべきだよ」

「苦労?」

亮ちゃんの言葉に、こてんと首を傾げる。

私たちの約束――いや、私が一方的にお願いをしたのは、かれこれ十五年も前のこと。

あのとき私は小学生で、総ちゃんはもう中学生だった。そんな幼い相手との約束を、今も頑《かたく》なに守っているということは…………え?

「ストップ! それ以上の想像はしないで! 亮次郎も余計なことは言わない!」

「き、きっと初海ちゃんも、急にいろんなことが変化して戸惑ってるんだよ!」

双子の慌て具合から、これ以上の詮索《せんさく》はするなということだろう。

だけど私の答えはすでに確定している。

つまり総ちゃんは、まだ幼かった私に恋を――

「ダメよ、初海ちゃん。考えちゃダメ!」

三佳ちゃんが思考をぶった切ろうとしたけど、もう遅い。

ずっと、素敵な大人の女性になりたいと思っていた。だけど総ちゃんの好みはまったく真逆の、子供っぽいままの私だったんだ。

「だから私は、いつまでたっても子供扱いされてたの……?」

「それは、実際に子供だったからじゃない?」

「本っ当に三佳ちゃんは容赦《ようしゃ》ないよね」

素直に慰《なぐさ》めてもらえると期待はしてなかったけど、もう少しフォローがあってもよくない？

「でも、今はもう違うんでしょう？　だからお兄《にい》は初海ちゃんに想いを告白したんじゃない」

「身内から犯罪者が出なくてよかった」なんて、次のビールに手を伸ばしているけど。

それってNGワードを口にしたようなものだから。

「ねえ、初海ちゃん。兄さんのこと、嫌いになった？」

グビグビとビールを飲み干す三佳ちゃんとは対照的に、心配そうに眉根を寄せた亮ちゃんが尋ねてくる。

「嫌い……には、ならないよ」

驚きはしたけれど、相手は他ならぬ総ちゃんだ。

いつだって私を見守ってくれていた人で、危害を加えられたことはないし、危険からは身を挺《てい》して助けてくれた人だ。

それに、総ちゃんは私からの一方的なお願いを叶えてくれようとしただけ。

「大丈夫。落ち着いたら、ちゃんと総ちゃんと仲直りするよ」

今回のことは、勝手に想像力を働かせてしまった私が悪い。きちんと謝るつもりだと伝えると、亮ちゃんがホッと息を吐く。

「よかった。危うく僕が兄さんに怒られるところだった」

「だから黙ってろって言ったのに。もしもお兄《にい》の逆鱗《げきりん》に触れたら、憧《あこが》れの八乙女さんに二度と近寄れなくなるわよ？」

「――へ？」

目を丸くした私に、三佳ちゃんは意地悪そうな顔をして笑いかける。

「そういうこと。だから、お兄《にい》と八乙女さんの間になにかあったら、亮次郎が発狂してる」

つまり、八乙女さんの名前を聞いた亮ちゃんが動揺したのは、彼女のことを好きだから、ということ。

「今日はこのまま泊まっていきなよ。念のためお兄《にい》には私たちから連絡しておいてあげる。ついでに、亮次郎の情けない恋バナも聞いてあげて」

「あ、聞きたい」

「み、三佳ぁ……！　初海ちゃんまで！」

お手上げという仕草の亮ちゃんが三佳ちゃんに抗議して、ようやく私にも笑顔が戻った。

「そうだ。三佳ちゃんにも聞きたいことがある」

亮ちゃんの恋バナを聞く前に、どうしても確かめておきたいことがあった。私はずいっと身を乗り出して、三佳ちゃんの顔を正面から覗《のぞ》き込む。

「三佳ちゃんは、私と一緒にいて嫌じゃなかった？」

総ちゃんが、三佳ちゃんや亮ちゃんを大切にしていなかったとは思わない。

だけど、本当に私のために護身術を習わされたり、私を守る役割を義務とされていたのなら、私はなんと言って謝ればいいだろう。

目と目を合わせた数秒後、三佳ちゃんはプッと小さく噴き出した。

「そんなわけないじゃない。初海ちゃんは私の大切な友達で、親友なんだから。私がこうやって素を晒《さら》してるのがその証拠よ。初海ちゃんと一緒にいるのを選んだのは私。前にも言ったけれど、大切なのは自分の気持ちなんだからね」

食い入るように見つめる私のおでこに、三佳ちゃんは缶ビールを軽くぶつける。

長年の友情を疑った私に、少しだけ抗議しているようだ。

やっぱり三佳ちゃんは、私の自慢の親友だ。

申し訳ないという気持ちは消えないけれど、そんな彼女に謝ることは、逆に失礼になる気がした。

「ありがとう」

ごめんなさいの代わりにありがとうと伝えると、三佳ちゃんはそれはそれは綺麗《きれい》に笑った。

「どうってことないわよ。それよりも、聞いてくれる？　本当にうちの男どもは、恋愛に関しては下手くそでヘタレなんだから」

点《つ》けっぱなしだったテレビからニュースが聞こえてきたのは、そんなときだった。

『──にて指名手配中の男が逃走しました。警察は現在、防犯カメラの映像を解析するなどして男の行方を追っています』

「やだ、なんの事件？　わりと近くじゃない」

三佳ちゃんが確認しようとしたけれど、詳細はすでに流されたあとで、すぐに次の話題へと切り替わってしまう。

──この近くでの事件なら、総ちゃんはまた忙しくなるのかもしれない。

毎日のように報道されるニュースの中で、一つずつの重さも知らず他人事のように感じていた私は、事件そのものよりもまた総ちゃんに会えなくなることを気にしていた。

喧嘩《けんか》別れしたまま、すれ違いの日々に突入することに罪悪感を感じた。だけど、頭を冷やす時間をもらえたのはよかったのかもしれない。

『俺の妹になりたいと泣きついた日のことを覚えているか？』

いつだったか、総ちゃんに確認されたことがある。

あれこそが私の知りたかったことに対する、総ちゃんなりの答えだったのかもしれない。

それに、あのとき私は『なんでもする』という曖昧《あいまい》なことを言った覚えがある。それに対して、総ちゃんは私になにをお願いしたのだろう。

先に理想を押しつけたのは私だった。総ちゃんはそれを守って実行してくれた。

――私はまだ、総ちゃんになにも返せていない。

いつまでもわがままばかりを言っていられない。

これから先も総ちゃんと一緒にいるために、私は総ちゃんにとってどうありたいのか。

答えは、自分で見つけなくちゃいけない。


それから、数日後。仕事中にまたもお遣いを頼まれた私は、スマホを片手にオフィス街を歩いていた。

ちなみに前回同様、取引先に持参する書類を忘れた営業さんのヘルプである。どうもあの人は忘れ物大魔王らしい。直接的な繋がりはないけれど、やっぱり私の周りにいる男の人には一癖も二癖もあるようだ。

無事に届け物を済ませて会社へと戻る途中、ある違和感に気づいた。

――なんだろう、周りが騒がしい。

都会の喧噪《けんそう》は日常茶飯事《にちじょうさはんじ》だけど、賑わっているのとはなにかが違う。

人の流れは滞《とどこお》ってはいないのに、なぜか殺伐《さつばつ》とした緊迫した雰囲気を感じる。それに、今日はやけにパトカーを見かける。

そういえば、ニュースで聞いた事件があったのはこの近くだった。ここら辺はオフィス街だけど、一本道を外れれば飲食店や風俗店がひしめいているエリアだ。

四谷さんと会ったのも、総ちゃんと八乙女さんを見かけたのも、そういうお店の多いところだった。警察が仕事で訪れている場所で、二回も遭遇《そうぐう》しているということは、そこで事件が起きている可能性が極めて高いということだ。

もしかしたら生《なま》で大捕物《おおとりもの》が見られるかも――なんて考えは絶対に持たない。私にとってそんな場所は鬼門である。君子《くんし》危うきに近寄らず、ここは遠回りしてでもスルーして行くべきだろう。

――でも、もし、そこに総ちゃんがいたら？

現場に赴く立場の人ではないから、いるはずがない。だけど、妙に胸騒ぎがする。

だって総ちゃんは、現に八乙女さんと一緒に捜査していた。

どんな事件が起きているのか、犯人がなにをした人なのかもわからない。もしも総ちゃんが犯人と対峙《たいじ》したとして、あの人が簡単に負けるはずがない。

でも総ちゃんは、特撮ヒーローでも超人でもなく普通の人間だ。万が一のことが起きないという保証などどこにもない。

――遠くから、少し覗《のぞ》くくらいならいいよね……？

どうせ、帰り道だし。行ったところで総ちゃんに会えるとも限らないから、ちょっと見て、いなければ安心して仕事に戻れる。

それに、私以外にも野次馬はいるだろうし、ある程度まで近づいたら警察が規制線を張っているだろう。

だからと自分に言い訳をしながら、大通りから逸れた脇道へと入る。

けれど、行けども行けども規制線なんてどこにもなくて、気がつけばまた雑居ビル群の歓楽街へと入り込んでしまった。

私の勘違いだったのだろうか。

いつも不審者を引き寄せるから、たまにはこっちから出向いて掴《つか》みにいこうと思っていたけど、そう上手くはいかなかったらしい。

だったらこんな場所に長居は無用だと、諦《あきら》めて帰ろうとしたときだった。

「あれ、睦永さん？」

背後から聞き覚えのある声に呼ばれた。

「四谷さん……」

――「不審者ホイホイ」は、見事に作動していた。

ただし、目的とは別の対象に。

「この手の場所でよく会いますね。またお仕事ですか？」

にこやかに近づいてくる四谷さんに、思わずあとずさる。

「普通の会社のOLさんだと認識していましたが、もしかして副業でもしてますか？　清楚《せいそ》なお嬢さんだと思っていたのにな」

一度ならず二度までも、前回の逃走時も含めれば三度も歓楽街で遭遇《そうぐう》しているせいか、四谷さんは私をこの街で働く女性だと疑っているようだ。

「か、会社までの近道なんです。この辺で事件があったと聞いて……」

「事件現場に自分から？　それはまた、とんだじゃじゃ馬ですね」

――じゃじゃ馬ではなく、野次馬だ。

この人もまた、私のことを大人しいだとか清楚《せいそ》だとか決めつけていたらしい。

「ここに来れば、総……成瀬さんに、会えるかもと思って」

「成瀬管理官に？」

総ちゃんの名前を聞いた途端、四谷さんは不快そうに顔をしかめる。

これはある意味チャンスかもしれない。私にはその気がないことを伝えて、興味をなくしてもらうには、ちょうどいい機会じゃないか。

「あの人は、私の恋人なんです」

喧嘩《けんか》の真っ最中に口にしてよいものか迷うところだけど、宣言したのは総ちゃんなのだから、間違ったことは言っていないはずだ。

四谷さんは一瞬ポカンとして、それからアハハと乾いた笑いを漏らす。

「彼は八乙女刑事と別れて、あなたと付き合っているとでも？　まさか、そんな」

まさかでも、そんななのだ。自分でも不釣合いだとわかっているが、他人に否定されると意外とムカつく。

「本人から、八乙女さんとは一度も付き合ったことはないと聞きました。四谷さんの思い込みか、勘違いではないですか？」

思い込みの強そうな人だから、よく確かめることもなく信じてしまったんだな。四谷さんの話を信じて、総ちゃんを不機嫌にさせた私が言えた義理でもないけれど。

「でも、あの二人はいつも一緒に行動していて……あのときも、あのときも、あのときも！　成瀬管理官との用事があるからって俺の誘いを断って」

四谷さんはなにやら指折り数えながらブツブツと呟いていて、ちょっと怖い。

「なんのことか私にはわかりませんけど、二人が一緒にいるのは仕事だからだと思います。それに、一緒に過ごした時間なら私のほうがずっと長いです」

総ちゃんと八乙女さんは、せいぜい仕事を始めてからの付き合いだ。だったら私のほうがもっと年季が入っている。

深い付き合いになったのは最近のことでも、総ちゃんはずっと私のそばで私の成長を見守ってくれていた。

そうか――そういうことか。

私が危ない目に遭ったときには、いつだって駆けつけて、泣き止むまで離れないでくれていた。私が知らない間に、総ちゃんはどれだけの時間を私に割いて、なにを犠牲にしてきたのだろう。

なのに私はそれを当たり前のように錯覚して、ときには過保護だと嫌ったりもした。

それでも総ちゃんは、決して私を見捨てたりはしなかった。

兄代わりだった頃の過保護と恋人になってからの執着と、一見すれば異なっているようでも本質的には同じ「愛情」だった。

疑うことも不安になることも必要なかった。

私は本当に長い間、総ちゃんに愛されてきたんだ。

「とにかく、ここでなにか事件があったんですよね？　総……成瀬さんは、来ているんですか？」

「そ、そうでした」

私の言葉に四谷さんはハッとする。

「事件のことを知っているんですね。だったら、どうしてこんな場所に来たんですか」

呆けた顔から一変して四谷さんが真剣な面持ちに変わる。ようやく目が覚めて、刑事の責務を思い出したらしい。

「だから、もしかしたら総ちゃんがいるかもしれないと思って」

「だからって、一般人が来ていいわけがないでしょう⁉」

怒鳴られてビクリと肩が震える。

「だって……心配だったから」

もしも総ちゃんの身になにかあったらと思うと、いてもたってもいられなかった。

大切な人が危険な目に遭っているかもしれないのだから、心配になるのは当たり前だ。

総ちゃんに知られたら怒られるとわかっていても、せめてひと目無事な姿を確認したかっただけだ。

シュンとうなだれた頭の上で、四谷さんが呆《あき》れたため息を吐く。

「あなたが心配しなくても、あの男は無事ですよ。いつもみたいにしゃしゃり出てこなければ高みの見物ができる人間なんですから。それよりも、早くここから――」

そこで、声が途切れた。

ふと顔を上げると、四谷さんの身体がゆっくりこちらに倒れてくる。

その背後には、黒ずくめの男が立っていた。

＊＊＊＊

八乙女が運転する車で現場に向かいながら、俺は最高に苛立っていた。

先日ようやく事件の黒幕の潜伏《せんぷく》場所が判明し、捜査員が突入したもののあと一歩のところで身柄の拘束に失敗した。

奴らは暴力団の下部組織の人間で、上納金の捻出方法として風俗店を経営する傍《かたわ》ら、店に出入りする店員や客に違法薬物を売って私腹を肥やしていた。

被害に遭った女子大生もその店でアルバイトをしていたが、怖くなって逃げ出したところを口封じのために殺害されたのだ。

「以前も進言しましたが、なにも管理官自《みずか》らが現場に行かなくともいいんじゃありませんか？」

「部下の失敗は上司の失敗だ。責任を取るのが俺の役目だ」

表面上はいつもと変わらぬやり取りだったが、八乙女はあからさまに眉を下げる。仕方のない人だとでも思っているのがバレバレだった。

上司のわずかな感情の機微《きび》でも、彼女が敏感に感じ取ってしまうのは当然なのだろう。なにしろ八乙女は、ここ最近の自分の上機嫌を知っている。だから、現状の俺が苛立っているのは一目瞭然《いちもくりょうぜん》だったに違いない。

俺の好不調の原因は、いつだって初海なのだ。

「いい加減、機嫌を直して下さい。仕事がやりにくくて仕方ありません。……だから、わざと嫉妬《しっと》を煽《あお》るような真似《まね》は止めたほうがいいと言いましたよね？」

「煽《あお》ったつもりはない。嫉妬《しっと》している初海があまりにも可愛くて、観察しているうちについ機嫌を損ねただけだ」

「潜伏《せんぷく》先の発覚が、仲直りのあとならよかったんですけどね……」

本当にタイミングが悪かった。初海のあとを追いかけて行かなかったのは、彼女のお願いを聞き入れたわけではなく、単に事件の連絡が入ったからだ。

なんの用事もなければ、すぐにでも捕まえて腕の中に閉じ込めて誤解を解いた。事件も喧嘩《けんか》も、長引かせてよいものなどない。

――本当に、くだらない、些細《ささい》なことだったのに。

初海からただ嫉妬《しっと》を向けられるだけなら、なんてことはなかった。だが、四谷が初海に粉を掛けていることがわかったので、つい手段を誤ってしまった。

他にどんな男が現れようと、初海が目移りするはずがない。わかっていても、誰の目にも触れさせたくないという独占欲が抑えられない。

亮次郎と三佳の話では、初海はすでに落ち着きを取り戻したらしい。できのいい弟たちには感謝しているが、本音ではその役目すら他人に譲りたくなかった。
だから、今は一秒でも早くこの状況から脱して初海に会いたい。
待ち続けるのにも限界がある。
あれからもう、十五年も経ったのだから——
そのとき、車内にスマホの音が鳴り響いた。八乙女がディスプレイの表示を確認する。
「はい、八乙女で——四谷巡査？」
電話の相手は、あまり聞きたくない名前の男だった。
四谷は、八乙女に自分と電話を代わるように言ってきたらしい。
「……もしもし」
『すいません……成瀬、管理官』
四谷は息も絶え絶えといった感じで話し、声も掠《かす》れて聞き取りにくくなっていた。
なにか不測の事態が起こったのかもしれない。
『睦永さんが、拉致されました』
「——は？」
思わずそんな間抜けな声を上げてしまっても仕方がない。
事態は、想像以上に深刻なものだった。
なぜ初海が……？　目の前が一瞬真っ暗になった。

――あの、馬鹿娘っ！

第七話　世界は二人だけのもの

あの馬鹿――という、総ちゃんの怒鳴り声が聞こえた気がした。

きっと、烈火の如《ごと》く怒っているだろうな。これは私が帰ったら、お説教どころの騒ぎではない。スライディング土下座をしても、簡単には許してもらえないかもしれない。

――無事に帰れたら、の話だけれど。

倒れた四谷さんは無事だっただろうか。まさか彼の背後から現れたのが、警察が追っている犯人の一味だとは思わなかった。

スーツ姿の男性とＯＬが路上で話し込んでいるのは、よくある光景のはずだ。

だが、場所と状況が悪かった。決定的な話はしていなかったと思うが、どこかで私たちの話を聞いていたのかもしれない。

男は、わずかな手がかりから四谷さんを警察と見抜いて背後から襲い、残った私を拉致した。

連れてこられたのは、長く使われていないような廃墟ビルだった。

私がいる部屋は会議室だったのかもしれない。アルミ製の扉にはしっかりと鍵がかけられ、すりガラスの部分には目張りがされている。外からの侵入を防ぐためか、窓際には机がバリケードとして高く積まれ、完全な密室になっていた。物が取り払われた部屋の中央には埃《ほこり》を被ったソファだけが残され、私はそこにうしろ手に縛られた状態で座らされている。

そして隣に座っているのが、恐らくこの一味のリーダーだ。私を拉致した男は、彼の正面に立ってそのときの状況を報告している。

「一緒にいたのは間違いなく刑事だったんだな？　……おまえは違うのか？」

隣の男が横目でジロリとこちらを睨《にら》みつける。

Vシネマを地で行く人相と体つき、黒のシャツに真っ赤なネクタイとストライプスーツという出で立ちは、間違いなくアウトレイジな職業の方だろう。

「わ、わた、私は、普通の会社員で。仕事中に、偶然あそこを通っただけで」

「あの刑事との関係は？」

目の前の男も、ずいっと顔を寄せてくる。他にもあと二人、柄《がら》の悪そうな男が合計四人で私の周りを取り囲んでいる。

「た、ただの知り合いで……っ、前にちょっとだけ、お世話になって」

「まあいい、こうなれば警察も簡単には手を出せないはずだ。この女を連れ去るところ、誰にも見られなかっただろうな？」

「はい、他に人気《ひとけ》はありませんでした」

拉致男の言うとおり、あの周囲に人の気配はまったくなかった。逃走犯が潜《ひそ》んでいるということで、あの辺一帯は立ち入り禁止になっていたのかもしれない。

それなのに、なぜか私は入り込んでしまった。四谷さん以外に警官の姿がなかったから、拉致された場所は警察も盲点だったということか。

そんな場所を引き当てるとは、自分の運の悪さが憎い。

――なんて、そういうことじゃない。

自《みずか》ら危ない橋を渡り、トラブルに飛び込んだのは私だ。すべては自分自身が招いた結果だ。

おまけに、私が拉致されたことは四谷さんしか知らない。彼が無事かどうかわからない以上、助けを期待するのは絶望的だろう。

いや……助けなんて来ないほうがいいのかもしれない。

だって、私はどうしようもなく馬鹿でまぬけだった。

思い返せば、これまでの数々のトラブルも、やっぱり私が原因だったのだろう。好き好《この》んで不審者ばかりを引き寄せてはいないと言ったけど、知らないうちに彼らに付け入る隙を与えていたんだ。

トラブル体質を言い訳にして危機管理を怠《おこた》った挙げ句に人質となり、警察の――総ちゃんの足を引っ張ってしまっては、もう合わせる顔もない。

なんの力もないくせに、なにが大切な人が心配だ。迷惑をかけているのは私自身じゃないか。

いつもいつも、私が馬鹿なばかりに貧乏くじを引かされる総ちゃんがかわいそうだ。

こんな私に、助けてもらう価値なんかない。

「とりあえずこの女を餌《えさ》にして、逃走手段を確保させてもらうか」

男たちが高飛びの手段を考え始めたときだった。

――ガァンッ！

ものすごい音が響き渡るとともに、積み上げられた机が振動で大きく揺れた。

「な、なんだ……!?」

一斉に視線がアルミの扉へと集中する。ふたたび同じ音がして、ベキッとなにかが軋《きし》む鈍い音がした。

――ガァンッ！　ガァンッ！

衝撃に合わせて扉がこちら側へと歪《いびつ》に膨らむ。

間違いなく、何者かが外から扉を蹴破ろうとしている。

だが突然の出来事に、男たちは私と一緒に呆然と成り行きを見守っていた。

まさか、そんな……

こんなにも早く助けがくることも、それがあの人であることもあり得ない。

だけど、こんな芸当をやってのける心当たりはひとりしかいない。

四回、五回と繰り返された頃だろうか。ようやく我に返ったリーダー格の男が「くそっ」と吐き捨てて、私の首根っこを掴《つか》んでソファから引き上げたのと同時だった。

――バタアンッ！

ついに蝶番《ちょうつがい》が破壊されたドアが、部屋の内部に向かって倒れた。

舞い上がった埃《ほこり》が、スモークのようにヒーローの登場を演出する。

だけど今日だけは、そこにいるのがあの人であってほしくなかった。

でも、ヒーローはやっぱり期待を裏切らない。

「なんで……」

来てほしくなかった、なのに、嬉しい。矛盾する二つの感情で視界が滲《にじ》む。

「なんだ、てめぇは⁉」

「警視庁捜査部管理官の成瀬だ。彼女を、返してもらおうか」

乱れた前髪を掻き上げ、上着を整えた総ちゃんが部屋の中へと足を一歩踏み入れる。

リーダー格の男を守るように、三人組が私たちの前に立ち塞《ふさ》がる。だが、突然の乱入者にまだ困惑している様子だった。

「な、なんでサツがこの場所を……⁉」

私が拉致されてから、そう長い時間は経っていない。目撃者もなければ、連絡も取っていない。

それなのに、なんで、どうしてこの場所がわかったんだろう。

「初海のスマホのGPSから位置情報は簡単に割り出せた。馬鹿どもが、身体検査をしなかったのが運の尽きだな。まあ、していたらただではおかなかったが」

眼鏡のブリッジを指で押し上げながら、総ちゃんは切れ長の目を鋭くさせる。

「あ……」

持っていたバッグはどこかへ行ってしまったが、直前まで見ていたスマホはスカートのポケットに入ったままだ。

つまり総ちゃんは、私のスマホの位置情報からこの場所を割り出したということ――だけど？

「彼女は警察とは無関係だ。今すぐ解放しろ」

「うるせぇ！　無関係な奴のスマホを把握《はあく》しているわけがないだろ！」

そうだ、そうだ！　位置情報ってそう簡単に割り出せるものではないでしょう？

少なくとも、私はそんな設定をいじくった覚えはないんだけど⁉

「俺と個人的な関係があるだけで、警察とは無関係だ」

――それ、喋っていいの？

助けてもらわなくていいと思っていたけど、テレビなんかではこういう場合、人質の安全確保が優先なんじゃないの？　警察の知り合いってわかったら、逆効果な気がするんですけど？

「……馬鹿か。そこまでわかって手放すかよ」

ああ――やっぱり、そうですよね？

無関係どころか、単身乗り込んできた相手の関係者だとわかったら、人質としてこれ以上の逸材はないですよね？

「どうしてもと言うなら俺が代わりに人質になろう。ただし、黙って男に縛られる趣味はないぞ」

私も大概馬鹿だけど、今日の総ちゃんは様子がおかしい。

人質交換を言い出したかと思ったら、捕まる気がないと言ってみたり。普段ならもっとスマートに対処できるはずなのに、明らかに冷静さを欠いている。

それに、仮にも警察の上層部である人間が、どうしてひとりでここにいるの？

普通は盾《たて》みたいなのを持った機動隊が突入してくるものなんじゃないの!?

「わかったらいい加減にその手を離せ。それはおまえが触れていい女じゃない。言っておくが、今の俺の機嫌は最悪だ。言う通りにしなかったら手加減はしない」

あれ、おかしいな？　総ちゃんは正義の味方でこっちが悪者のはずなのに、なんだか立場が逆転している気になってきた。

機嫌が悪いと公言したとおり、総ちゃんの周囲にはドス黒いオーラが渦巻いているようだった。立ち塞《ふさ》がったはずの三人組も、無言の圧力に気圧されたのか、じりじりと後退している。

武道の心得どころか喧嘩《けんか》もしたことのない私にはわからないが、彼らには格の違いというものがわかっているのかもしれない。

いよいよ総ちゃんが距離を詰めようとした瞬間、私の背後から太い腕が首に巻き付いた。

「動くな！」

こめかみの辺りに、硬く冷たいものがゴリッと押しつけられる。同時に総ちゃんの足もぴたりと止まった。

押し当てられている物を自分で確認することはできない。でも、男の言葉と総ちゃんの見開かれた瞳から、簡単に推測できた。

「貴様……っ」

強く奥歯を噛みしめているのだろう、総ちゃんの顔が悔しそうに歪む。

形勢が、一気に逆転した。

これまで尻尾《しっぽ》を巻いていた三人組が急に余裕を取り戻し、総ちゃんを取り囲む。

「武器を渡してもらおうか」

男のひとりが手を差し出し、総ちゃんは無言で上着を捲《めく》り、携帯していた銃を取り出した。

「ダメ……っ！」

それを渡してしまったら総ちゃんが危ない。咄嗟《とっさ》に叫んだ私の頭に、鈍い衝撃が走る。

「――痛っ」

「初海！」

私の声に呼応して総ちゃんが叫んだ。だけど三人組に邪魔をされて、その場から動くことはできない。

「大人しくしてろ」

ふたたび頭に、銃口と思しきものが突きつけられた。

殴られた場所はズキズキしているけれど、痛みを感じている暇はない。視界の先では、総ちゃんが自《みずか》らの銃を男の手に渡したところだった。

「へへ……マヌケな管理官サマだな？　ずいぶん勝手なことを言ってくれたが、どう手加減しないのか教えてもらおうかっ！」

言い終わるより早く、男の拳が総ちゃんの頬を殴った。

「いやぁっ！」

トレードマークの眼鏡が地面に落ちた音をかき消すように、私の絶叫が響き渡る。男の拳を受け止めた総ちゃんは、倒れることもなく相手の男を睨《にら》みつけている。

だが相手はひとりではない。残りの二人も続けとばかりに総ちゃんに向かって拳を振り上げ、さらに足でも蹴り上げる。

「いや、やめて！　やめてよ！」

どんなに殴られても蹴られても、総ちゃんは反撃をしない。腕でガードする姿勢をとって男たちの攻撃にじっと耐えている。

昔から強い人だった。武道の心得があって、こんなふうに一方的にサンドバッグにされる人ではない。普通に戦えば、多勢であっても負けないはずだ。

その人が今こんな目に遭っているのは、全部私のせいだ。

「総ちゃん、戦って！　私のことはどうでもいいから！」

私の声は届いているはずなのに、総ちゃんは防御の形を崩さない。上手くかわしているように見えても、三方から繰り返される攻撃は着実に総ちゃんを捉《とら》えていく。

相手の拳や足が総ちゃんの身体に当たるたび、呻《うめ》き声ひとつ漏らさない彼に代わって私が悲鳴を上げる。

最初は余裕もあったが、徐々に疲労も窺《うかが》えた。いくら鍛えていても、いつまでも体力が続くはずがない。

——このままでは、本当に……

「もう、いい。もういいの！　私のことなんか守らないで！」

どうしてこの人は、私のためにここまでしてくれるんだろう。

総ちゃんは正義のヒーローでも、無敵の超人でもない。ただ私よりも年上で、責任感が少しばかり強かった。

それだけなのに、どうして私はこの人を頼ってしまったのだろう。

「ガードするなよ。動くなって言っただろうが」

「やめて……お願い、やめさせて！」

非情な声に、動ける範囲で精一杯首を向けてリーダー格の男のほうを向く。

——これ以上したら、総ちゃんが死んでしまう！

ずっと総ちゃんは私を守ってくれた。それなのに、私はなにも返せていない。

過保護さを鬱陶《うっとう》しがり、愛情を疑い、挙げ句の果てがこのザマだ。この場においても、私は泣き叫ぶことしかできていない。

すべては私の責任だった。だから、恩を返すのなら今しかないと覚悟を決めた。

「お願いだから……止めてください。代わりに私が……なんでも、しますから……」

「へえ。なんでもするって、なにをしてくれるんだ？」

私の申し出に、リーダー格の男はニヤリと下卑《げび》た笑みを浮かべた。

銃口らしきものを突きつけているのとは反対の、首に回された手が顎《あご》を掴《つか》んで力任せに引き上げられる。これ以上ないくらい首を捻《ひね》られ、苦痛で顔が引き攣《つ》った。

「……なんでも。なんでも、言うことを聞きますから……」

——だからお願い。あの人を助けて。

絞り出した声は震えていた。それでも、ほんの少しでも総ちゃんの役にたてるのならば、こんな自分なんて惜しくはない。

「——うるさい、黙ってろっ！」

私を一喝したのは——総ちゃんだった。

「なんでもするなんて、軽々しく言うな！」

男たちにフルボッコにされながら、総ちゃんは真っ直ぐに私を睨《にら》みつけている。

「な、なによ!?　助けが必要なのはそっちじゃないの！」

お互いにピンチだけれど、急を要しているのは明らかに総ちゃんのほうなのだ。

「私なんかのために総ちゃんが傷つくのは見たくないの！」

「私なんかとか言うな！　いいから、おまえは大人しく俺に守られてろ！」

総ちゃんは、言っているそばから身体がぐらりと傾き、ついに地面に片膝をついた。

「嫌よ！　私はもう、ただ守られるだけじゃ嫌！」

私の心も身体も人生も、総ちゃんが守ってくれたものだ。

だから、私の全部を総ちゃんに返す。なにがあっても、この人だけは守ってみせる。

「だいたい、なんでひとりで助けになんか来たのよ⁉　無鉄砲にもほどがあるわよ！」

「他の奴に任せられるか！　俺はおまえを守るためだけに警察官になったんだ！」

普段は無口なくせに、この状況でよく喋る。だけど、どう見ても満身創痍《まんしんそうい》だ。

なのに眼光だけは鋭いまま、逸らされることなく真っ直ぐにこちらを見ている。

「いいか、おまえのすべてはとっくの昔に俺のものだ！　なのにおまえが俺のそばから離れていこうとするな！」

こんなときなのに。とんだ俺様発言なのに。

――ああ、好き。

束縛されたっていい。どんな扱いでもいい。

この人と一緒にいられるのなら、他になにもいらない。

「おまえら、恋人同士か？」

私たちのやり取りをニヤニヤしながら見ていた男の視線が、ふと私の胸元へと移った。

「だったら目の前でこういうことをされるのはどうだ？」

「――っ！」

顎《あご》から離れた手が膨らみを掴《つか》む。

思わず悲鳴を上げそうになったけれど、すんでのところで呑み込んだ。

私さえ我慢すれば、総ちゃんは助かるのだから。

「いいね、健気《けなげ》だねぇ。そういうのは嫌いじゃない」

「貴様……っ、そいつに触れるな！　初海も容易く触れさせるな！」

——言ってることが滅茶苦茶だ！

緊張と不快感で吐きそうなくらい気持ち悪いのに、総ちゃんの無茶振りのお陰で少し冷静さを取り戻した。

「初海、諦《あきら》めるな！　俺を信じろ——！」

私に訴えかける総ちゃんの目は死んでいない。

本当に、まだなにも諦《あきら》めてはいないんだ。

このままだと確実にどちらかが消される。自分の身を差し出すことは惜しくないけど、そんなことをしても総ちゃんは喜ばない。もちろん、私だって同じ気持ちだ。

たとえ私が生き残っても、総ちゃんがいなければ意味がない。

——だったら、私だって諦《あきら》めてたまるもんか。

なんでもいい、ここから逃《のが》れる方法を考えろ。

男と私とでは体格差がある。男の身長はちょうど私よりも頭一個分高い。右手には拳銃、左手は私の胸。私も拘束されているけど、男の両手も塞《ふさ》がっていて……

——そうだ！　この手があった！

わざと、背後の男に身を寄せた。肩甲骨《けんこうこつ》の辺りが男の腹部と密着する。だけど両手をうしろで縛られているから、腰の裏には隙間ができる。

「ククッ、賢明な判断だ」

抵抗する意思がないと思ったのか、男の身体からわずかに力が抜けるのを背中を通じて感じた。

目の前ではいまだに総ちゃんが三人組にいいようにされている。私を見つめる総ちゃんと視線がぶつかる。それだけで、自然と笑みが零れた。

もしも死ぬなら、総ちゃんと一緒がいい。

「総ちゃん！　総ちゃんが死んだら、私も死ぬからね！」

——だけど、絶対二人で生きたい！

誰よりも近くに寄り添って、たとえ総ちゃんが嫌がっても、もう離れてなんかあげない。

縛られた両手で、私の背中の辺りにあった男の脚の付け根を、力いっぱい握りしめた。

「————っ!?」

グニュウッと、なんとも言えない感触がして、男が声にならない叫びを上げて悶絶《もんぜつ》する。男の手が身体から外れた一瞬の隙をついて、倒れ込むように前へと駆け出した。

「今だ！」

パアン――っ！

総ちゃんの叫び声と、乾いた銃声が響き渡った。踏み出した足がもつれる。周囲の景色がスローモーションのようにゆっくりりに見えた。

――ああ、死んだ。

思えば短い人生だった。でも、それなりには楽しかった。

なにより、総ちゃんに会えたのだから。

お父さんお母さん、親不孝な娘でごめんなさい。ウエディングドレス姿も孫の顔も見せてあげられなくてごめんなさい。

三佳ちゃん亮ちゃん、二人の結婚式にはお隣さんのよしみでうちの両親も参列させてあげてください。

私は先に逝くけど、お父さんとお母さんは天寿をまっとうしてからこっちにきてください……って、あれ？

ドタッと地面に倒れたけれど、ぶつけた肩以外に痛みはない。いや、こめかみの上がちょっと痛い。

――とりあえず、私が撃たれたわけではないらしい。

いろんなことが一度に起きているのでどこを見ればいいかわからない。

私のうしろでは男が銃を持っていた右手と股間を一緒に押さえてうずくまっている。三人組の動きは止まり、総ちゃんも片膝をついているが倒れてはいない。そして総ちゃんのうしろの、扉が蹴破られた入り口には、銃を構えた八乙女さんの姿があった。

「よし、よくやった八乙女」

総ちゃんがゆらりと身体を起こす。そして固まったままの三人組に向けて、鮮やかな回し蹴りを繰り出した。

──うわあ、旋風脚《せんぷうきゃく》だ！

流石《さすが》はドアを蹴破った脚力である。ドガッとものすごい音を立てて、ひとりまたひとりと吹き飛んでいく。気がつけば、立っているのは総ちゃんだけで、残りの全員が地に伏していた。

「確保！」

総ちゃんの号令と共に、捜査員の皆さんが一斉に部屋の中へとなだれ込んできた。

あっという間にあちこちで犯人たちが取り押さえられる。だけど犯人の男たちは、誰もがさして抵抗しなかった。

「初海！」

逮捕劇には目もくれず、真っ先に総ちゃんが私に駆け寄ってくる。

「大丈夫か？　怪我は？　どこか痛むところは？」

「だ、大丈夫……」

総ちゃんは私の身体を抱き起こし、埃《ほこり》を払い、両手を拘束していたロープを手早く外す。さっきまで暴行されていたとは思えないほどテキパキとした動きだ。

「かわいそうに、また痣《あざ》が残ったな」

手錠で繋がれたときは片手だけだったが、今度は両手に。あのときほど暴れた覚えはなかったけど、よほどきつく縛られていたのか、真っ赤な線がくっきりと残っていた。

その痕《あと》を指でさすった総ちゃんが、上着のポケットからハンカチを取り出す。手首に巻き付けて保護するのかと思いきや——私の手の平をゴッシゴッシと拭き始めた。

「あんなもの触って、おまえが汚れる！」

「——え？　そこ？」

怒りどころが間違っている。

「私よりも、総ちゃんのほうが怪我してるでしょう？　どこか痛むところはない？」

「急所は防いでいたから、あれくらいどうってことはない」

たしかに、目を瞠《みは》るほどの甲斐甲斐しさを発揮しているので、大したダメージは受けてはいなさそうに見える。

「やられていたのは演技だ。奴らが隙を見せて、警官隊を突入させるタイミングを計っていただけだからな」

だけど、やっぱり近くで見ると傷だらけだった。

殴られた顔やガードしていた手首は赤くなり、口の端は切れてうっすらと血が滲《にじ》んでいる。きっと身体もあちこち痛んでいるだろう。きちんと撫でつけていた髪もぐしゃぐしゃで、高そうなスーツも煤《すす》けてしまっている。

それなのに、総ちゃんは私に弱いところを見せようとはしない。

――私たち、生きている……

総ちゃんが綺麗《きれい》にした手の平で、総ちゃんの両頬をそっと包む。冷たい指先に総ちゃんの熱がじんわりと伝わって、張り詰めていた糸がぷつりと切れた。

「無事で……よかった……」

溢《あふ》れた涙が頬を伝って落ちていく。

総ちゃんの顔がぼんやりと滲《にじ》んでいるけど、この両手に感じているぬくもりが無事であったことを教えてくれている。

私の迂闊《うかつ》な行動のせいでこの人を永遠に失っていたかもしれないと思うと、今さらながらに怖くなった。

「ごめん、なさい……私のせいで、こんな……いつも、いつも、総ちゃんに迷惑かけて……」

「気にするな、とは言えないな。今回ばかりはしっかりと反省しろ」

大きな手が私の頭を軽く小突き、くしゃりと撫でる。

「でも、俺のことは気にしなくていい。おまえを守ると決めたのは、他でもない俺自身だからな」

本当に総ちゃんは、どこまでも私に甘く優しい。

これだけ一途に愛されて、私は世界一の幸せ者だ。男運の悪さだとかトラブル体質を差し引いてもお釣りがくる。

両頬を包んでいた手を離し、総ちゃんの背中にそっと回す。なるべく負荷がかからないように気をつけながら、総ちゃんの胸に額《ひたい》をつけた。

「もう二度と、総ちゃんを危険な目に遭わせたりしないから。約束する」

「それは、あまり当てにはならないな」

クスッと小さく笑った総ちゃんが、私の身体を抱き締め返す。

「——お取り込み中のところを失礼します。管理官、犯人の確保及び連行が完了しました」

突然掛けられた声に、我に返った。気がつけば私たちの横に八乙女さんが立って、ジッとこちらを見下ろしていた。

——うわあああっ！　超ハズいんですけど⁉

公衆の面前でやってしまった。慌てて総ちゃんから離れようとしたら、逆にグイッと抱き寄せられた。

「チッ、いいところだったのに」

「イチャつくのは仕事が終わってからにしていただけますか？　目の毒なので一応、人払いはしておきましたけど」

いつの間にか部屋の中には私たち三人しか残されていなかった。疾風《しっぷう》の如《ごと》く現れて、疾風《しっぷう》の如《ごと》く去って行く。さすがは、日本の警察は優秀だ。

「お二人はこれから病院までお連れします。取り調べ等の事後処理はこちらに一任していただけますか？」

「ああ、よろしく頼む」

「あの……っ、さっきの銃声は、八乙女さんが？」

問いかけに八乙女さんが、にっこりと微笑む。

「私、射撃得意なんです。ああ、あとこれ、管理官の銃ですのでお返ししておきます」

八乙女さんが差し出したのは、総ちゃんが三人組に渡した銃だ。

美女と拳銃。物騒なものなのに、どうしてこうも似合うのか。

「管理官が暴行を受けている間、管理官の指示で、外の廊下で待機していました。お二人の熱烈な告白を聞いて、手元が狂わなくてよかったです」

「え……」

ということは、あのときの会話はすべて筒抜けだったってこと⁉

うわあ……穴があったら入りたい。

「ここ数日の管理官の様子から心配していましたけど、わだかまりが解けたようで安心しました。今後とも、くれぐれも仲睦まじく、よろしくお願いします」

妙な圧は感じたものの、八乙女さんに厭味《いやみ》な空気はなかった。

本当に総ちゃんとの間にはなにもないとわかったのだけれど、いろいろと恥《は》ずかしくて顔は合わせられなかった。

もう二度と、八乙女さんを含めて警察のご厄介《やっかい》にはならないようにしようと心に誓った。

「そろそろ行きましょうか」

「そうだな。初海、立てるか?」

「ん、大丈夫」

心配そうに手を差し出す総ちゃんを制して、自分の足で立ち上がる。部屋を出ようとしたとき、隅のほうでキラリと光る物が目に留まった。

殴られた弾みではじき飛ばされた、総ちゃんの眼鏡だ。私はそれを拾い上げて、手の中で確認する。

フレームに歪みや傷は見当たらないが、レンズにはヒビが入ってしまっていた。ないと不便だろうから、ちゃんと持って帰って修理に出そう。

――あれ、でも総ちゃんは眼鏡を飛ばされたあとも、てきぱき動いていたような……ってことは、眼鏡がなくても見えてるんじゃない……!?


その後、八乙女さんに連れられて警察病院を受診した。

私も頭を殴られていたので検査を受けたけど、軽くたんこぶができている程度で特に異常はなかった。さすがの石頭である。

さすがといえば総ちゃんも、擦り傷や打撲の他には大きな怪我は見られなかった。

とはいえ重傷度は総ちゃんのほうが上で、殴られたところは案の定腫《は》れて、その日のうちに熱が出た。

私は三日、総ちゃんは一週間の入院をすることになったのだが、その間の彼のわがままは素晴らしかった。

まず、私と同室であることを絶対に譲らなかった。熱があるにもかかわらず、頑《がん》として言うことを聞こうとしなかったため、仕方なく二人部屋に入れてもらった。

それから、看護師さんの看護を拒んで、氷枕の取り替えや身体を拭くことまで全部私にやらせた。……私も一応、怪我人なんですけどね？

「初海以外に触れられるくらいなら死んだほうがマシだ」

なんて言われたら、ちょっとは私も嬉しかったりして……結局、私は自分のことはそっちのけで、甲斐甲斐しく総ちゃんの世話を焼いた。

極めつけは、私の退院に合わせて自分も退院すると言い張った。

お互いに検査では異常はなかったけれど、総ちゃんの場合はあとからなにかが起きないとも限らない。私や亮ちゃん、三佳ちゃん、さらには成瀬家のご両親まで総出で説得にあたったが、結局説き伏せることはできなかった。

最終的に、妥協案で私の入院が一週間に延びた。事情聴取《ちょうしゅ》やカウンセリングのためという八乙女さんの配慮だ。

五藤元課長とのトラブルと今回の入院で、どれだけ会社を休んだことか。

私、クビにならなければいいんだけど……

そして、ようやく一週間後。

私と総ちゃんは揃って退院の運びとなった。

「やっぱり我が家は落ち着くな」

ベッドに腰を下ろした総ちゃんが、我が物顔で長い脚を組む。

「……って、ここは私の部屋なんですけど？　総ちゃんの部屋は隣でしょう？」

「隣は三佳の部屋だ。いくらなんでも、妹のベッドで寝られるか」

「三佳ちゃんのベッドは嫌なのに、私のベッドはいいの？」

「当たり前だ。おまえは妹じゃなくて恋人だからな」

総ちゃんに手を引かれ、正面に立たされる。立っていれば身長差がある私たちでも、総ちゃんが座っている今は同じ目線の高さだ。

スペアの眼鏡を掛けた総ちゃんの頬には、まだ湿布が貼られている。顔の腫《は》れは引いたけれど、痣《あざ》はまだ身体の至るところに幾つも残っている。湿布はそれを隠すために貼っているのだけれど、やはり痛々しい。

「……総ちゃん、なに？」

「なに？　じゃない。帰ったら、してくれる約束だったよな？」

総ちゃんが催促しているのは、キスだ。

入院中の諸々のわがままを聞く代わりに、総ちゃんからのキスや不用意なボディタッチは禁止させてもらった。

だってあそこは病院で、総ちゃんは怪我人だったのだ。余計なことで体力を使ったり興奮したりすれば、治るものも治らないかもしれないじゃないか。

「血行促進させれば、こんな傷くらいすぐに治る」

「……嘘くさいなぁ」

だけど実際に治療方法として、最初はアイシングで冷やして腫《は》れが収まってからは温熱療法に切り替えてたから、あながち間違ってはいないのかもしれない。それにもう、お医者さまの退院許可も下りたのだ。

——ええい、もう。仕方がない。

軽く腰を屈めて、総ちゃんの唇に自分の唇を寄せる。啄《ついば》むのでも貪《むさぼ》るのでもなく、お互いの唇をゆっくりと合わせるキスをした。

「……短いなんて、言わせないから」

「短くはないが、足りない」

総ちゃんの片手がうしろ頭に回され、引き寄せられる。

「ん……」

私から覆《おお》い被さりながら、さっきとは違う深いキスを交わす。薄く開いた唇から舌を伸ばすと、同じように伸びてきた総ちゃんの舌と重なる。

だけど、服の裾《すそ》からするりと手が入り込んできたのと同時に、身体が跳ねた。

「ちょっと、待って……！」

「なんで？」

総ちゃんが拗《す》ねたように、むっと口を尖《とが》らせる。

「だって、退院したばかりだし。まだ明るいし」

「なにを、今さら」

そんな身も蓋《ふた》もないことを言った総ちゃんが、ふたたび私を引き寄せた。

ぐちゅりと、口腔《こうこう》内で唾液の混ざり合う音がする。

唇を合わせてしまうと、もうダメだった。キスがしたかったのは総ちゃんだけではない。本当は私だって、ずっと総ちゃんとこうしたかった。

だって、私はもう知っている。キスしたときの頭の芯から蕩《とろ》けるような酩酊《めいてい》感も、総ちゃんに触れられることの悦《よろこ》びも。

素直にねだるのはできないけれど、抗《あらが》うことなんてできなかった。私も総ちゃんの頭を抱え込むように手を回して、さらに深いキスを仕掛ける。

ただ快楽に耽《ふけ》りたいわけじゃない。

こうしている間、世界は私たち二人だけになる。

思う存分、総ちゃんを独占できるんだ。

互いの舌を絡ませながら、零れる吐息すらも吸い上げる。少し尖《とが》らせた舌先で表面を撫でると、さらに大きな舌が側面をなぞる。

長い、長いキスを夢中で交わす。顔を斜めに傾けたとき、閉じた瞼《まぶた》の上を冷たいレンズが掠《かす》った。

「待って……眼鏡、痛い」

もっと総ちゃんとくっつきたいのに、隔《へだ》てられているようでなんか嫌だ。

フレームをそっと指で摘まむと、今日は素直に外させてくれた。

「……私のキス、下手くそ？」

「いいや。なんで？」

「総ちゃんからのときは平気なのに、眼鏡が当たるから。私のやり方がマズイのかなって」

「俺のは、研究の成果だ」

眼鏡が顔に触れない絶妙な角度を、自分で研究したのだろうか。研究したということは実践もしてきたわけで――いやいや、余計なことは考えない。

気にしても仕方がないことでも、考え出したら止まらなくなってしまう。そういうのは、もう懲《こ》りた。

落ち着くために軽く息を吐いて、そっと眼鏡を引き抜く。切れ長の目はレンズを通さなくても変わらぬ大きさで、ジッと私を見つめている。

「そういえば、眼鏡がなくても見えてるよね!?」

「なくても見えるが、あればもっとよく見える」

――なんだ、その屁理屈は。

総ちゃん曰く、眼鏡がないと日常生活がちょっと不便だけど、見えることは見えるらしい。

どうりで、眼鏡が吹き飛ばされたあとでも自由に動き回れていたわけだ。

「……だったら、どうして頑《かたく》なに外そうとしなかったのよ？」

「さっきも言った。初海を一番綺麗《きれい》に見たかったからだ」

要するに、どうせならより高画質で楽しみたかったということだろうか。

今度こそ服の裾《すそ》から入り込んだ両手が、ブラジャーを押し上げて膨らみを直《じか》に包み込む。だが、ふとそこで動きが止まった。

「言っておくが、初海以外とはキスもセックスもしてないぞ」

「――へ？」

「言わないとまた、妙な誤解をしそうだからな」

誤解はしないけれど、とんだ爆弾発言だと思う。

「あの……総ちゃん？」

「なんだ。まだなにかあるのか？」

膨らみの間に顔を埋《うず》めながら、総ちゃんが私をジロリと睨《にら》み上げる。

ダメだ、この話題には触れないほうがいい。先にぶっちゃけたのは総ちゃんだけど、掘り下げる気はなさそうだ。

「私、これからまだまだ年を取るよ？」

「それがどうした」

いくら私が童顔でも、いつかは限界がやってくる。

つまりこれから先、私は総ちゃんの好みから大きく外れていくということなんだけど。

さてどうやって切り出そうかと思案していたら、私の思考を正しく理解した総ちゃんが、はあ、と呆《あき》れたため息を吐いた。

「……言っておくが、俺はロリコンじゃない」

「——ええっ⁉」

「馬鹿か。だいたいロリコンだったら、おまえの胸をこんなふうに弄《もてあそ》ぶか？」

総ちゃんにとって心外なことを言ってしまったようだ。

大きな手が両方の膨らみをぐにぐにと揉《も》み込み、指がまだ尖《とが》りきっていない切っ先をピンと弾《はじ》いた。

「ひゃ、あっ」

ジンという甘い痺《しび》れに背中が仰け反り、露《あら》わになった乳房がふるりと揺れた。

胸を突き出すような格好になった私の腰を、総ちゃんの左手が支える。

右手は片方の膨らみを揉《も》んだり指で撫でたりして、もう一方には唇を寄せて、いつもの所有印を散らしていく。

たしかに、ロリコンといえば貧乳だ。だけど総ちゃんは大きめな私の胸にも丁寧に愛撫を施《ほどこ》すから、少なくとも貧乳好きというわけではない。

「どうして……その、今まで、待ったの？」

「未成年者に手を出すのは犯罪だからな」

さすがは警察官になるだけあって、モラルには厳しい。

「おまえが子供の間はロリコンだったかもしれないが、今はもう違うだろう？」

先端をぱくりと口に含み、生温かい舌が乳首を舐《な》めた。

「はあ、んっ」

「子供はこんなにエロい声は出さないからな」

小さく笑った振動さえも敏感に伝わって肌が粟立《あわだ》つ。

見下ろした先で総ちゃんが膨らみに吸いついている様は、なんとなく授乳しているようにも見える。もちろん、赤ん坊はこんなにいやらしい舌使いなんかしないけれど。

入院して以降、総ちゃんはすっかり甘えたがりになってしまった。

命令口調の俺様な態度は変わらないのだけど、なんとなく子供のわがままを聞いているような気分になる。

——本当は、総ちゃんが私と離れたがらなかった理由も知っている。

入院初日、高熱に浮かされながらも総ちゃんは何度もベッドから起き上がって、私の姿を確認していた。

きっと、離れている間に私になにか起こらないか、不安でたまらなかったのだろう。

それがわかっているから、総ちゃんのわがままを叶えるのも苦にならない。

総ちゃんの髪に指を入れて整髪料の付いていないさらさらとした感触を楽しむ。総ちゃんもそうされるのが嫌いじゃないのか、特に咎《とが》めることなく指と舌で乳首を弄《もてあそ》んでいる。

こうしていると、年上なのに可愛いとさえ思ってしまう。

静かな室内に、私の吐息混じりの声と濡れた舌が奏でる音が響く。

激しく刺激されているわけではないのに、ゆっくりと広がっていく快感に脚の付け根がじわりと熱くなっていく。

「わ、私は……総ちゃんの理想に、適《かな》ってる？」

膨らみから唇を離した総ちゃんが眉をひそめる。

「まだそんなことを気にしているのか。そういうことなら、おまえは全然俺の理想通りには育ってないぞ？」

「………嘘っ!?」

「俺の予定では、もっと清楚《せいそ》でおしとやかになるはずだった。それが、自分から犯罪の現場に飛び込むわ拉致した男の股間を握り潰すわ、とんだじゃじゃ馬に育ったもんだ。あの一日は、俺は人生で最も生きた心地がしなかった」

「うう……っ」

そこを指摘されると返す言葉もない。でも前者には弁解の余地はないけど、後者は男の手から逃《のが》れるために、やむを得なかったんだから。

「だが、どんなおまえでも、それが初海であるなら構わない」

私を見つめる総ちゃんの目は愛しさに溢《あふ》れていて、私は目が逸らせない。

「おまえを守ると決めたときから、おまえは俺にとって唯一無二の大切な女《ひと》だ」

真っ直ぐに伝えられた愛情に、ぶわあっと顔が赤くなるのが自分でわかった。

言葉やその時々の立場は違っても、いつだって総ちゃんは一途に愛情を注《そそ》いでくれた。

親のように、兄のように。そして今は、恋人として。

いくつ歳を重ねたとしても、これから先も総ちゃんの愛情は一貫して変わることはないだろう。

私が私である限り――総ちゃんをこんなふうにしたのは、他ならぬ私自身なのだ。

「あのね……総ちゃんは、まだ、本調子じゃないでしょう?」

総ちゃんの両肩に手を置いて、そっと距離を取った。

「だからなんだ。まさかここでおあずけを食らうのか?」

ふたたび総ちゃんの唇が尖《とが》る。

「だから、今日は私が、する」

今の私にできることは、それくらいしか思いつかなかった。

突然の申し出に、総ちゃんはポカンとした顔をしている。その表情が幼く見えてますます可愛いと思ってしまう私は、もう末期状態なのかもしれない。

躊躇《ちゅうちょ》したら決心が鈍るかもしれないので、総ちゃんが呆然としている間に膝を下ろして彼の脚の間に座り込む。

私も成人女子なので、一応そういった知識はある。一般的な女性誌でも、セックス特集は当たり前に組まれているから、目にする機会だってあるのだ。

総ちゃんのベルトに手を伸ばす。緊張しているせいか、手が震えてバックルがガチャガチャと必要以上に音を立てる。

「……無理は、しなくていいぞ？」

総ちゃんの声が心なしか上擦っているようだ。

「大丈夫だから」

仕方なくとはいえ、他の男の股間が握り潰せたのだから、恋人のが触れないなんてことはない。

ベルトを外してズボンのボタンを寛《くつろ》げたら、引き締まった腹筋とブランドロゴの入った黒のボクサーパンツが現れた。チラリと目線を下げると、膨らみははっきりとしているが、まだそこまで主張していない。

――いきなり引き下げるのは、気が引ける……。

こういうとき、総ちゃんはどうしていたっけ？　たしか、まずは下着の上から触ったりなぞったりしていたな。

そのときのことを思い出したらまた自分の付け根がツキンと反応したけれど、今日は私が総ちゃんを気持ちよくする番だ。

とはいえ膨らみに手を伸ばすことはできなくて、まずは割れた腹筋にそっと指を這《は》わせる。指先に力が入りすぎないように気をつけながら優しく撫でると、総ちゃんの身体がぴくりと小さく震えた。

隆起《りゅうき》した筋肉は硬いけど、皮膚は驚くほど滑らかだ。元々総ちゃんの肌はきめ細やかで綺麗《きれい》だと思っていたけど、日に当たることの少ない場所はなおさらだった。

感触を楽しみながら何度か指先で筋を辿《たど》ったら、今度は手の平全体を滑らせる。同じく、力が入らないように。イメージするなら羽根だ、私の手を羽ばたかせるのだ。

総ちゃんがヒュッと息を吸い込むのがわかった。

目だけを動かして上目遣いに確認したところ、切なげに眉根を寄せながらこちらを見ていた切れ長の目がサッと逸らされる。

さすがにまだもの足りないのだろう。ここまできて、やっぱり止《や》めたなんてのは申し訳ないので、腹部の肌から下着の布地へと徐々に範囲を広げていく。

そしたらすぐに反応が返ってきた。臍《へそ》の辺りを上下している掌底《しょうてい》に、盛り上がってきた硬いものが明らかに触れている。

いつの間にこんなに大きくなったのかというくらいに膨らんで、みるみるうちにボクサーパンツを押し上げていた。

興奮が素直に伝わってきて、なんだか嬉しい。気をよくして、腹部をなぞる流れから膨らみにも手と指を這《は》わせた。

「――んっ」

鼻から抜けるような、甘い低音が短く響いた。息をすることを我慢して止めていたのだろうか、はあ、と吐息を吐く様が妙に色っぽい。

途端に、背中にぞくぞくとした快感が走った。自分の行為に反応があることの、なんと喜ばしいことか。

下着越しでも熱くなっているのがわかる硬いものを、指先でなぞったり爪で軽くカリカリと掻いてみたりする。パンツの生地がさらりとしているから、滑りがいいので痛くはないと思う。

「初海……ちょっと、焦《じ》らしすぎだ」

吐息混じりの総ちゃんの声は、今度こそ震えていた。

「あ、ごめん」

そんなつもりはなかったけど、さすがに時間をかけすぎたらしい。

「いや、謝らなくていい」

口元を手で覆《おお》った総ちゃんが今度は顔ごと横を向く。その耳元がほんのりと赤く色づいている。明るいと、そういうところだってよく見えるのだ。

意を決して、ロゴの入ったゴムに指を引っ掛けて下げると、はち切れんばかりに怒張した屹立《きつりつ》がぬるりと姿を出した。

――うっ、ちょっと直視しづらい……。

血管の浮いたそれは赤黒くて太くて大きくて、まるで違う生物みたいだ。

だけど、愛しい人の身体の一部だと思えば、不思議と嫌悪感はなかった。

――ええい、女は度胸だ！

おずおずと手を伸ばして包み込むと、手の中でそれが脈打った。

えっと、これからどうするんだっけ？　まずは先っちょを舐《な》めてみる、だったかな。

うろ覚えの雑誌の記事を頭の中で反芻《はんすう》しながら舌を出して先端部分を舐《な》めてみる。丸い切っ先は硬さもあるのに弾力があって滑らかで、舌触りは悪くなかった。

窪《くぼ》みに浮いた透明な液体は……しょっぱい。でも、我慢できないほどじゃない。

とりあえず、ソフトクリームを舐《な》めるみたいにぺろぺろと舌を動かしてみる。思ったよりかは大丈夫そうだ。

だったら、舐《な》める範囲も大きくしてみよう。丸くなっている先端と陰茎の繋ぎ目にも舌を這《は》わせて、筋を通って下りていく。なんか、溝があったらそこを辿《たど》りたくなるんだ。

しばらく同じことを繰り返していたら、総ちゃんの手が頭に触れた。

「初海……手も動かして。軽く握ってから、そう。あと、できるなら少し咥《くわ》えて。歯が当たらないように」

制止ではなく、レクチャーだった。

ともかく指示があるのはありがたい。雑誌の続きも、口で咥《くわ》えて唇で上下に扱《しご》く、だったかな?

だけどこれ、口の中に収まるんだろうか……

とにかくやってみよう。なるべく口を大きく開けて、歯が当たらないよう気をつけながらぱくりと呑み込んでみる。

「う、……あ」

――うん、全然届かない。

根元まで行こうと奥まで突っ込んだら、絶対に吐く。諦《あきら》めて、届かないところは手で擦ろう。

アイスキャンディを食べるみたいに、口を窄《すぼ》めて上下する。

邪魔にならないように舌を折りたたんでいたら痛くなりそうなので、口の中で引き続き筋の辺りを舐《な》める。

口に入りきれない場所は、手で握りながら扱《しご》いて、ゴツゴツしているところに指を当てた。

「……っ、ん」

「……痛い？」

「いや……気持ちが、いい……」

はあ、とまた深く息を吐き出した総ちゃんに、私の心が浮き立つ。

総ちゃんの呼吸は乱れている。私のようにわかりやすく喘《あえ》ぎはしないけど、時折漏れる色っぽい声がますます私を煽《あお》った。

ずっと口を開けているせいか、徐々に口腔《こうこう》内に唾液が溜まってきた。扱《しご》くたびにジュブジュブと立つ音が、自分のいやらしい行為を嫌でも教えてくれる。

顔にかかる髪を耳に掛けながら総ちゃんの反応を確かめると、熱く潤《うる》んだ瞳とかち合った。

ドクンと胸が大きく脈打つ。

総ちゃんが私の乱れた姿を見たがる理由がなんとなくわかった。

だって、こんな総ちゃんは見たことがない。自分がどんな顔をしているのか総ちゃん自身も知らないだろう。

こんな表情にさせたのも、知っているのも私だけ。それが私の心に激しく火を点《つ》けて、独占欲や支配欲を充足させる。

いや、欲望に限りなんかないのかもしれない。

だって、もっともっと気持ちよくしてあげたい。あなたを私で満たしたい。

あなたの知らないあなたさえも知りたい。

そんな思いが次々と湧き上がってくるのだから。

「初海、もういい……」

総ちゃんの手が両脇に差し込まれる。私の唾液をたっぷり纏《まと》った屹立《きつりつ》が、じゅるんと口から引き抜かれた。

「……遠慮しなくてもいいのに」

「遠慮じゃなくて、これ以上されたら俺が持たない」

「持たなくていいよ。今日は、私がするんだから」

退院したばかりなのだから、激しい運動は避けさせたい。別にお医者さまには止められなかったけど、確認だってしなかった。

私の身体を持ち上げた総ちゃんは、そのまま膝の上に座らせる。開いた脚の間に差し込まれた手が、ショーツの上から秘部を撫でた。

「……っ、や、あんっ」

押されたところがくちゅりと音を立てる。肌に触れた布地が少し冷たいのは、私の中から溢《あふ》れた蜜で濡れてしめっているからだ。

「なにもしなくても十分濡れてそうだな。でも、念のために一回イッておくか？」

卑猥《ひわい》な問いかけに、無言で首を横に振った。

「しなくていい……今すぐ、総ちゃんがほしい」

なんだか、我慢できない。正直に言えば、総ちゃんのものを舐《な》めているときから身体の奥が疼《うず》いて仕方がなかった。

「まったく……どこでそんな悪い言葉を覚えたんだか」

ポカンとした顔の総ちゃんが、呆《あき》れたように呟く。

だから私は真っ直ぐに目を見ながら、にこりと笑った。

「全部、総ちゃんから教わったんだよ？」

私をこんな女にしたのは、総ちゃんしかいないのだから。

「わかった」

総ちゃんはズボンのポケットから財布を取り出して、さらに中から避妊具を取り出す。

パッケージを口で噛みきるのを至近距離で見るのはかっこよかった。なんだかとてもワイルドで、これからのことを期待する気持ちが煽《あお》られて、鼓動が速くなってしまう。

総ちゃんの指が顎《あご》をくすぐる。

くすぐったさに顔を上げると、上からキスが落ちてきた。

唇と唇を滑らせながら、ぬるついた舌を絡ませ合う。

「んんっ……」

濃厚なキスに酔っている間に、総ちゃんは準備を完了させた。そして私を膝に乗せたまま、指でショーツのクロッチ部分を横にずらす。

てっきりベッドに寝かされると思っていた私は、下着を取り払うこともしない性急な行為に目を白黒させた。

そんな私に、総ちゃんがニヤリと意地悪く笑う。

「今日は初海がしてくれるんだろう？　自分で挿れてみろ」

——そういうことか！

総ちゃんの思惑に気がついて、思わずクラクラした。

総ちゃんは、ずらしたショーツを薬指と小指で器用に留め、人差し指と中指で秘裂を広げる。蜜を湛《たた》えた秘部が、くぱっと小さな音を立てながら開かれた。

だけど、ほしいとねだったのは私だし、総ちゃんに激しく動いてほしくないのも本当だから、結局のところ選択肢は他にない。

でも、自分からと言われても……口で咥《くわ》えるのとはわけが違う。

「手伝ってやるから。まず、俺の肩に手を置いて。腰を浮かして」

言われた通りに両肩に手を添えて、総ちゃんの脚を挟むようにベッドの上で膝立ちになる。

総ちゃんは空いていたもう片方の手で自分の陰茎を持って、蜜口に擦り付けた。浅ましいことに、その感触だけで身体がビクッと反応してしまう。

何度か入口を掠《かす》めた屹立《きつりつ》は、やがて位置を定めて固定される。

「そのまま腰を下に落としてみろ」

落とせと言われても、それが結構ハードルが高い。

なにしろ角度とか、奥行きとか、自分ではまるでわからない。

おまけに総ちゃんの両手は塞《ふさ》がっているから、完全に自分主導で挿れなければならないのだ。

「え……やだ、総ちゃんがしてよ……」

「嫌だ」

ほんの少し突き上げてくれればいいだけなのに、総ちゃんはそれを拒否する。

「初海に自分から受け入れてほしいんだ」

低くて甘い声で囁《ささや》かれて、腰のうしろがゾクリとした。

その勝ち誇ったような微笑みが、たまらなく格好いいのだから質《たち》が悪い。

他ならぬ好きな人からのお願いなのだから、なんだって叶えてあげたくなってしまう。

宛がわれたところがズクンと疼《うず》く。総ちゃんの肩に預けていた重心を自分へ戻して、ゆっくりと腰を沈める。

「んあ、あ……あ、あ……」

総ちゃんの指が押し広げているよりもさらに奥の狭いところが、にゅう、と広がって切っ先を呑み込んでいく。

「……っ、やっぱり、狭いな」

十分に解《ほぐ》れてはいない膣が、侵入してきたものを痛いくらい締め付ける。

だけど、拒んでいるんじゃない。早く早くと待ちわびていたんだ。

その証拠に、辛そうな総ちゃんとは対照的に、私は痛みを感じない。ただ、内臓を押し上げられるような圧迫感に、喉を反らしてはあはあと荒い息を吐き出す。

「あ、あ……挿入って、くる……うっ」

熱い塊が隘路《あいろ》をこじ開け内壁を擦る。総ちゃんにされるよりも、ずっと感覚が鋭い。

私の身体が沈むにつれて、屹立《きつりつ》はさらに奥深くへと突き立てられる。

ずぶずぶと埋まっていく感覚に身体を震わせながら、ようやく私と総ちゃんの肌が重なったとき、最奥にコツンと当たる音がした気がした。

「平気か？」

「ん……だいじょう、ぶ……」

まだ少し苦しいけれど痛くはない。

口では奥まで届かなかったというのに、とうとう最後まで呑み込んでしまった。そう考えると、私の身体ってすごい。

少しだけジッとしていると、自分の中で総ちゃんがドクンドクンと脈を打っているのが伝わってくる。

「っ、こら、締めるな」

「あっ、えっ、ごめん」

どうやら意識した拍子《ひょうし》に力も込めてしまったようだ。でも、そこを動かすのなんて自分の意思ではできないのだから勘弁してほしい。

それに、意識しないのなんて無理だ。打ち込まれた熱い楔《くさび》に溶かされて、身体の奥からじわじわと蜜が滲《にじ》み出ているのだから。

向きとか角度とかはよくわからん。なにしろ私の中は総ちゃんでいっぱいいっぱいなのだ。

だから、あえて最奥を擦るように腰を回す。

途端に、びりっと強すぎる快感が駆け抜けた。

「あっ、ああっ、んあ、ああっん」

発生している刺激が、頭に向かって一気に駆け上る。

「こらっ、辛いなら無理に動くなっ」

「や、やだあっ、だって……私が、する、んだから、あっ」

だって私が動かなければ、総ちゃんに気持ちよくなってもらえない。

私の動きを助けるように、どんどん中が潤《うるお》ってくる。しばらく腰を回したあとで、今度は少し持ち上げてから落としてみる。

「ああっ、あっ、は、あんっ」

自分の動きに合わせて、自分の意思とは関係のない甘い声が引っ切りなしに漏れる。

ただ擦るのとはまた違った快感に、ぐちゅぐちゅと音を立てながら夢中で腰を揺らす。

恥も外聞もない。頭の中を占めているのは、総ちゃんのことだけだ。

「ね……総ちゃん、気持ち、いい……？」

「う……っ、ああ、よすぎるくらいだ」

総ちゃんの顔にも余裕がない。歯を食いしばって、なにかをじっと耐えている。

「はあっ、ん、もっと……もっと、よくして、あげる……っ」

吐息も、声も、流れる蜜も、なにもかもがどろどろに溶けて混ざっていく。

総ちゃんが好き。総ちゃんとひとつになりたい。あなたとずっと、一緒にいたい。

あなたがいてくれるのなら、それだけで、怖いものなんかなにもない。

「んん……総ちゃん、好き……っ、好き、好き……」

「初海、俺も……っ、好き、だ」

「やあ、あ……、も、だめ……っ、す、き、そうちゃ、や、いっちゃう」

「ああ、一緒に――」

「ふ、あ……あ、あっ、……そう、ちゃ、あああああああ！」

先に達したのは、どちらかわからない。

快感の波が一気に押し寄せ、脳裏で弾《はじ》けた閃光《せんこう》に、大きく背中を反らして身体を戦慄《わなな》かせる。

弓なりにしなった私の身体を支える総ちゃんもまた、私の中ですべてを吐き出す。

とても、とても幸せで――そのとき確かに、世界は二人だけのものだった。


情熱的な夜を越えて、総ちゃんの温もりに包まれながら幸せな朝を迎えた。

私は今、総ちゃんの運転する車の助手席に乗せられている。

入院生活が長引いたこともあり、冷蔵庫の中身はほぼ全滅だった。はっきりとした目的地は告げられていないけれど、買い物にでも行くのだろう。

週が明けたら、それぞれ職場に復帰する。そうなると、またすれ違いの日々になる。

ずっと二人で過ごしていたから、離れるのは少し寂しい。

「総ちゃんは、いつまで隣にいるの……？」

私の隣に、という意味ではなくて、三佳ちゃんの部屋に。

三佳ちゃんのベッドで眠れないのなら、ずっと私の部屋にいるつもりだろうか。それも構わないとは思うのだけれど、二人で住むにはあの部屋は少し手狭だ。

「それについては考えてある——ほら、着いたぞ」

黙々と車を走らせていた総ちゃんが車を停めたのは、とある一軒家の駐車場だった。

もちろん、私の実家でもなければ総ちゃんの実家でもない。どうやら私の考えていた場所とは、ちょっと違うみたい。

「ほら。呆けてないで、行くぞ」

先に運転席から降りた総ちゃんに促《うなが》され、差し出された手を素直に取る。

「総ちゃん、ここはどこ？　誰かに会うの？」

おかしな格好はしていないはずだけど、人に会う予定はしていなかったので少々身構えた。

もしも総ちゃんの知り合いや上司に、退院の挨拶《あいさつ》とかだったらどうしよう？　手土産《てみやげ》とか持ってこなくてよかったのかな？

「まだ誰も住んでいない」

ポケットから真新しい鍵を取り出した総ちゃんが、玄関のドアを開ける。言葉のとおり、家の中はがらんとしている。

警察官というのは、勤務地の近くでないと家を借りられないらしい。そりゃあ、事件の際に電車を何本も乗り継がなければいけない場所に住んでいたら間に合わないので、当たり前かもしれない。

「比較的築年数の浅い物件を、人事の知り合いに頼んで押さえてもらった」

繋いでいた手を解《ほど》いた総ちゃんが、そっと私の手を広げる。その中に、もう一対の鍵がぽとりと落とされた。

「ここで、一緒に暮らそう。わかったか？」

驚いて見上げると、窓から差し込む光に照らされた、穏やかに微笑む総ちゃんがいる。

――まるで、プロポーズみたい。

「こっちに戻ったときから準備していたが、おまえが落ちてくるまでは渡せなかったからな」

落ちてくるとは人聞きが悪い。どちらかと言えば、天にも昇る気持ちなのに。

三佳ちゃんの部屋に住んでいたのは、私が総ちゃんを好きだと言うまでの繋ぎ。三佳ちゃんとも亮ちゃんとも、最初からそういう約束をしていたのだそうだ。

「でも、もしも私に振られていたら、どうしていたの？」

「そんなわけあるか。おまえが俺のものになることは、とっくの昔に決まっていたんだ」

――その自信は、一体どこからくるのだろう？

付き合う前から一緒に暮らす場所を用意して、それどころか、付き合うことまで決めつけているなんて、とんだ俺様野郎もいいところだ。

だけど、手渡された鍵に、ふふっと自然と笑みが零れる。

プロポーズみたいな光景だけど、今はまだ本番じゃない。本当のプロポーズなら、渡されるのは鍵ではなくて指輪のはずだ。

——どうせなら、今日がその日でもよかったのに。

相変わらず総ちゃんは、肝心なところでなにかが足りない。

それでも、この鍵は、これから先も続く未来への鍵だ。

「初海。返事は？」

総ちゃんからの催促に、私は満面の笑みで応《こた》える。

たとえ他の道が塞《ふさ》がれていても、最後に選ぶのは私自身。ほしい言葉を簡単にくれない人でも、私はこの人がいい。

「わかった——ううん、わかってた」

私の選択肢に、総ちゃん以外の誰もいらない。私は、私の意思で総ちゃんとの未来を選ぶ。

だってこの人は——ずっと昔から、私が見つけた私だけのヒーローだから。

エピローグ

退院した翌週の土曜日。俺と初海は、二人して実家へと帰省した。

かつて初海が見知らぬ男に連れ去られかけた道を、あの日と同じように手を繋いで歩く。

目的はもちろん、お互いの両親に同棲の許しをもらうためだ。

――まあ、同棲だけで終わらせるつもりは毛頭ないが。

「三佳ちゃんの部屋は強引に乗っ取ったくせに、こういうときには律儀《りちぎ》だよね」

無邪気に笑う初海は、まだ気がついていない。俺が準備した一軒家は、普通は妻帯者になってから考えるものだ。

つまりは最初から――なにもかもが、結婚を前提にしたものである。

俺の初海への想いは、弟と妹の協力ぶりからもわかるように、すでに自分の家族には知れ渡っている。

もっとも、三佳は成長と共にその意味を知ったようで若干引いていたが、それでも初海にとって俺が最適の相手であるとわかってくれていたようだ。

なので、残された障壁は初海の両親くらい。

幼い頃から面倒見のよい兄貴分であり続け、彼女の母親から『総ちゃんになら安心して初海を任せられるわね』という言葉を何度ももらっているが、油断はできない。なにしろ初海は睦永家にとって大事な一人娘だ。男の甲斐性のひとつも見せられなければ、嫁に出すとは言ってもらえないだろう。

初海を手に入れるため、どれほどの時間をかけてきたことか。今さらこの程度のことで、ケチを付けられるわけにはいかない。

——絶対に逃《のが》すものか。

無意識に気合いが入ったせいで、繋いだ手につい力がこもる。

そのためなのか、それとも別のなにかを感じ取ったのか。初海はぴたりと足を止めて、可愛らしい顔をこちらへ向ける。

「でも……どうせなら、違う挨拶《あいさつ》でもよかったのに」

「——は？」

目を丸くする俺に、してやったりとでも思っているのだろう。

わかっているのに、柄《がら》にもなく顔が熱くなる。

最近の初海は、思っていることを素直に口にするようになった。

少し前までのツンツンしていた初海も可愛かったが、想いが通じ合ってからの初海はまた一段と素直で可愛い。思えば一番最初も、ストレートに俺を求める初海に強く惹かれたのだ。

何年経っても、初海への想いは色褪せることがない。それどころか、ますます強くなる一方だ。

この子はいつだって、簡単に俺を虜《とりこ》にする――

「初海」

ふたたび歩き出そうとする初海を呼び止めて、強く結んでいた手をゆっくり解《ほど》く。途端に初海の目が不安に揺れたが、次の瞬間には大きく見開かれる。

用意していた指輪のケースを開けて、初海と同じ目線まで身を屈めた。初海は、決定的なことを言い出さない俺に期待していなかっただろう。

だが、もう一度初海にプロポーズをするのなら、この場所でと決めていた。

あの日この場所で、俺は彼女に恋をした。

あれ以来、なにもなかった自分に色を付けた初海だけが、唯一無二の大切な存在。

どんなに時が流れても、褪せることなくこの胸の中にあり続ける気持ちは、これから先も永遠に変わることはない。

「俺と結婚してください」

大きく見開かれた瞳が潤《うる》み始める。だが、その中心には俺の姿がはっきりと映っている。

しばらく固まっていた初海だが、やがて静かに頷いた。

「もちろんです。ずっと私と一緒にいてください」

そしてあの日と同じように、なによりも眩《まぶ》しい笑顔を見せる。


『おまえ、結婚の意味わかってる？』

『それくらい、わかってるもん』

まだあどけなさの残る初海が、ぷうっと頬を膨らませる。そして俺の手に自分の小さな手を添えて、胸元へと引き寄せた。

『だから総ちゃん、ずっと私のそばにいてね？』

それは、初海が忘れてしまった遠い約束。

——だけど、他ならぬ君が望むなら。何度だって俺は誓う。

「わかった。約束する」

ずっと初海のそばにいて、誰よりも君を守る。

左手を取って薬指に指輪を嵌《は》める。ようやく、遠い約束は形になった。

書き下ろし番外編

過保護な警視の不憫な妹と部下と、従順な弟

「成瀬三佳、二十一歳です。会社では受付嬢をやってます。よろしくお願いします」

仕事で鍛えた営業スマイルを、ここぞとばかりに目の前の男性陣に振りまく。

――我ながら、掴《つか》みは上々だ。

今日は週末、明日はお休み。私は先輩の七緒さんとともに、何戦目かの合コンに挑んでいる。

「……成瀬さん、気合いが入ってるわね」

「初海ちゃんに後《おく》れをとるわけにはいきませんから。七緒さんも、健闘を祈ります」

こっそり耳打ちしてきた七緒さんと机の下でグータッチを交わして、改めて気合いを入れ直した。

――今日こそは、私も彼氏を作る！

つい先日、幼なじみで親友の初海ちゃんが、長兄で変態の総一郎――お兄《にい》に無事捕獲された。

お兄《にい》が初海ちゃんを見初《みそ》めたのは、あろうことか私たちがまだ小学生だった頃だ。

私たちは家が隣同士で同い年ということもあり、生まれたときから双子の兄の亮次郎とともに三人セットで行動していた。それがある日、私たちと別行動をした初海ちゃんが、不審者に誘拐されかけるという事件が起きた。

「亮次郎、三佳。お前たちにも初海を守るために協力してもらう」

その日の夜、私と亮次郎はお兄《にい》の部屋に集められた。八歳年上のお兄《にい》は、私たち兄妹のヒエラルキーの頂点であり、絶対権力者だ。

「亮次郎。お前は三人で唯一の男だから、妹たちを守る義務がある。俺の代わりにできるな？」

「はい！　僕、頑張ります」

馬鹿で単純な亮次郎は、お兄《にい》を妄信的に崇拝しているので、すぐに丸め込まれた。

だけど私は、ちょっと納得がいかなかった。

お兄《にい》は年の差もあって、私たちに比べて初海ちゃんとさほど親しくはなかった。なのに、いつの間に呼び捨てするようになったのか。

お兄《にい》を初海ちゃんに獲《と》られたという嫉妬《しっと》ではなく、むしろその逆だ。

――初海ちゃんは、私のなのに……！

初海ちゃんと幼なじみになったのは本当に偶然で、成長すれば離ればなれになる可能性もあったのに、私たちは驚くほど馬が合った。

生まれたときからお兄《にい》という絶対君主がいる私にとって、ひとりっ子で甘えっ子の初海ちゃんは、唯一の守ってあげられる存在だ。

初海ちゃんは感情表現が豊かで、喜怒哀楽がはっきりしていて、性格に嫌みがない。コロコロと変わる表情とか、本人はしっかりしているつもりでも妙に頼りないところとかに、たまらなく庇護《ひご》欲が湧く。例えるなら、ちょっとだけ自我が芽生えた子犬とか、その類《たぐ》いだ。

そんな私の可愛い初海ちゃんを、ぽっと出のお兄《にい》に奪われるのは非常に不愉快だ。

――お兄《にい》に言われなくたって、初海ちゃんは私が守るのに。

ムッとする私に向けて、簡単に亮次郎の同意を得たお兄《にい》が口を開く。

「三佳、お前は……初海がいなくなったら、どうする?」

「え、そんなのイヤだ!」

思えば、私と亮次郎とで切り口を変えたお兄《にい》の狡猾《こうかつ》さは、この頃から健在だった。

誰かに獲《と》られるとかのレベルではなく、大切なお友達が自分の前から忽然《こつぜん》といなくなることを想像させられたら、幼い私が狼狽《うろた》えるのは無理もない。

「そうだよな。でも、初海は俺たち兄妹とは違って、いつかは遠くに行ってしまうかもしれない」

「イヤだよ、私と初海ちゃんは、ずっと一緒がいい！」

そのとき私の頭の中では、初海ちゃんが見知らぬオジサンに手を引かれて連れ去られていく姿が浮かんでいた。

――初海ちゃんが、知らない誰かに連れて行かれちゃうなんて、イヤ！

「だったら三佳も、協力するよな？」

涙で滲《にじ》んだ視界に、お兄《にい》がニイッと意地悪く浮かべた笑みが映ったのを、今でも覚えている。

お兄《にい》が私に与えた使命は、初海ちゃんの盾《たて》になることだった。手前味噌だが、私たち三兄妹の顔面偏差値は高い。小動物のように愛くるしい初海ちゃんと違って、私たちは派手とか華やかとか、いわゆる美形の類《たぐ》いに当てはまる。だから、私の目立つ容姿で相手を惹《ひ》きつけて、力業《ちからわざ》が必要な場面ではお兄《にい》と亮次郎が出張《でば》るというのが当初のプランだった。

結局、私たちが思っていた以上に初海ちゃんの「変態ホイホイ」が強力だったお陰で、私の戦闘力まで上がってしまったけれど……

結果として、初海ちゃんが見知らぬ誰かに奪われる未来は防げた――よく知る男には奪われたが。

それでも、私に後悔はない。お兄《にい》の初海ちゃんに対する愛情は誰よりも熟知しているし、なにより初海ちゃんは今とても幸せそうにしている。この先も、初海ちゃんが不幸になることはないだろう。

それに、初海ちゃんがお兄《にい》の嫁になれば、名実ともに私の家族になる。これから先もずっと、私たちは一緒なのだ。

――結局、私もお兄《にい》と血は争えないってことなのね……

だ・け・ど、それと私の恋愛事情とは別問題。

初海ちゃんという心配事がなくなった今、最も優先すべき事項は私自身の恋愛だ。私がこれまで過保護という名の束縛をされていたのは、セットで行動する初海ちゃんのためだった。

『そんなことないよ。総ちゃんは、三佳ちゃんのことも大好きだよ？』

初海ちゃんは、お兄《にい》の妹への愛情を疑っていなかったけれど、そんなわけない。本当に妹が可愛ければ、私も初海ちゃんと同じく庇護《ひご》対象になっていたはずだ。だけどお兄《にい》は初海ちゃんだけを温室栽培して、私にはスパルタだった。

だいたい、本当に初海ちゃんの身を守りたいのなら、自分が守るとかっこつけずに私みたく護身術を身につけさせるべきだった。たしかに、隙だらけなところがまた可愛いのは認めるけれど……

とにかく、お兄《にい》と初海ちゃんだって我が世の春を謳歌《おうか》しているんだから、私が続いても咎《とが》められる筋合いはない。

――チクリ魔の亮次郎にも釘を刺してきたことだし、今日こそ私も運命の相手を見つけるわ……！

「それで、皆さんのご職業は？」

合コンのセッティングは例によって七緒さんで、相手に関する情報は当日まで内緒にされていた。ざっと流してみても、見た目は悪くない。真面目そうで、体つきもがっしりしていて、肉食系の期待は大だ。

なんたって私の周りには執着心の強い変態と、その腰巾着《こしぎんちゃく》しかいなかった。だから、付き合うならグイグイ迫ってきてくれる人がいい。なんなら、お兄《にい》と戦っても負けないくらい強い人がいい。

にっこり笑顔で問いかければ、正面に座っていた誠実そうな男の人が代表して答えてくれた。

「はい。自分たちは、警察官です」

「警察官……？」

その発言に、笑顔が引き攣《つ》ったのは言うまでもない。

「あなたが、成瀬管理官の妹さんですね。お兄様には日頃からお世話になっています。今日も無事に会を終わらせるよう、言付《ことづ》かって参りました。安心してください」

なんの悪気もない雰囲気で一斉《いっせい》にウンウンと頷かれても、まあ嬉しい……なんてなるはずがない。

——つまりは、ここにいる全員がお兄《にい》の息のかかった配下なのだ。

「七緒さん……？」

ギギギと錆《さ》びた人形のように顔を向けた先で、七緒さんは澄《す》ました笑顔で目の前の相手を見定めていた。

「だって、紹介してくれるって言ったんだもの。成瀬さんには悪いけど、私には好条件なの。さすが、過保護なお兄様よね？」

うふふ、と微笑む七緒さんを、今日ほど恨《うら》んだことはない。

そして、あの変態も。

——クソお兄《にい》め！　過保護は初海ちゃんの特権でしょ!?

＊＊＊＊

「きっと今頃、妹さんは怒っているでしょうね……」

時計は二十時を少し回ったところ。私——八乙女薫は、今頃行《おこな》われている酒席を思い浮かべて重い息を吐き出した。

成瀬管理官の下に就いて早三年。仕事には理知的で公私混同することのない上司だが、身内に対しての過保護っぷりには毎度呆《あき》れさせられる。つい先日も、『結婚相手を探している身持ちの堅い人間を集めろ』という謎の指令を出したと思ったら、まさかの自分の妹の合コン相手の選定だった。

「大切な妹に悪い虫をつけるわけにはいかない。三佳は常々自分を初海のおまけと思っていたようだし、たまには妹思いな部分を見せてやるべきだろう」

管理官が庇護《ひご》し続ける彼女さんと違って、妹さんはいずれ誰かを選ぶ。その際間違った選択をしないように正しく導くのが兄の務めだと大真面目に語っているが、恋愛相手くらい本人に選ばせてあげればいいのにと思う。過保護というか、どこまでも支配欲の強い男だ。

——妹さんにとっては、ありがた迷惑どころかただの迷惑でしょうね……

意見しても敵《かな》わなければ聞き入れられることもないので、あえて口にはしないけれど。

「それにしても、私に合コン相手を集めさせるのは、さすがに酷いと思いませんか？」

長年の想い人との恋愛が成就《じょうじゅ》した上司と違って、私はまだ未婚で相手もいない。そんな部下に合コンのセッティングを依頼するのは無神経だと別角度から非難してみたが、彼は驚きもせず嫌みっぽい笑みを浮かべた。

「なんだ、君も参加したかったのか？」

「……まさか」

元より恋愛に興味はないけれど、管理官の息のかかった相手となんてご免被《こうむ》りたい。

「君はそんなものに参加しなくても、見合った相手がいるからな」

「私は恋愛よりも仕事が優先です。……ですが、今日は一段落ついたので、お先に失礼します」

「ああ、遅くまで悪かった。食事は？」

「この時間なら行きつけの店が開いていると思いますので、ご心配なく。管理官も早く帰られないと、彼女さんが心配しますよ」

「そうだな。……明日は非番だから、お互いゆっくりしよう」

ふいに鉄面皮《てつめんぴ》から甘い雰囲気が漏れ出した気がして、慌てて席を立った。

――あれは甘いというより、クソ重い感じね……。

上司が欲に溺れた姿など想像したくないけれど、きっと今日と明日は彼女は離してはもらえないだろう。華奢《きゃしゃ》な彼女にとってはさぞ負担だろうが、ご愁傷様《しゅうしょうさま》としか言いようがない。

初めて管理官に会ったときは、整った容姿に不覚にもドキッとさせられたものだが、そんな想いは一瞬だった。

天は二物を与えなかったわけではないが、あの性格こそ神が与えた欠点かもしれない。

一途なところは評価するが、彼女にしろ妹さんにしろ、あの男から逃れることはまず不可能だろう。なにせ仕事と同様に情報収集と根回しが半端《はんぱ》ない。ただ、周囲に女っ気がないせいか、女性が好む店や喜ぶプレゼント、妹さんの合コン相手など、私を相手にリサーチされるのは困りものだ。

だって私は恋愛事に疎《うと》い。同期女性の助けもあって上司の期待には応えられているけれど、本来の私は、女性が好むお洒落《しゃれ》なレストランより、居酒屋や小料理屋といった渋い店が好き。刑事を志《こころざ》したのだって、大人気シリーズの刑事ドラマの大ファンだったからだ。

だから今日も、馴染《なじ》みの小料理屋に顔を出した。カウンターのみのこぢんまりとした佇《たたず》まいと、無口な大将の作る素朴《そぼく》な料理が気に入っている。

「こんばんは、薫さん」

「あら、亮次郎くん。ここで会うのは珍しいですね」

店内にいたのは、成瀬亮次郎くん。渋さとは無縁の大学生の彼は、管理官の弟さんだ。以前管理官から彼女をデートに連れて行く店を聞かれた際、お礼にとこの店でご馳走《ちそう》をしてもらった。そのとき、亮次郎くんも同席していた。管理官曰く、私と二人っきりになって彼女にいらぬ誤解を与えないための予防線らしい。つくづく卒《そつ》のない、彼女至上主義の男である。

「探りを入れにきても、今日のところはなんの情報もありませんよ」

彼は、成瀬管理官の忠実な僕《しもべ》だ。仕事で動けない兄に代わって、彼らの大切な妹たちを守るために日頃から暗躍している。

合コンに参加したメンバーには、くれぐれも気をつけるように念を入れた。迂闊《うかつ》に手を出せば管理官を敵に回すことになると伝えてあるので、きっと妹さんはなんの収穫もないだろう。

「嫌だな、今日は違いますよ。今日は兄も妹も不在だから、僕だって自分の時間を大切に使います」

どうぞ、とすすめられたので隣に座る。カウンターだけの店なので、客は私たちの他にはいない。

「三佳も馬鹿ですよね。合コンなんかしなくても、兄さんを納得させる相手を選べばいいだけなのに」

「そんな相手、いるんでしょうか」

「いますよ。兄もそこまで非道じゃありませんから。それに、言いつけを守っていれば見返りだってくれます」

にこっと笑う亮次郎くんは、管理官と同じような顔の造りをしつつ、年若いだけあって柔和で穏やかな印象がある。基本仏頂面《ぶっちょうづら》の兄に比べて、彼のほうがずっと親しみやすい。それは、同じ相手に従っている親近感からなのかもしれない。

「だったら、私にもなにか見返りがあるのかしら……？」

「そうですね。じゃあまず、兄さんのツケで好きなだけ飲み食いするというのはどうでしょう？」

「……悪くないですね」

物欲や恋愛事に疎《うと》い私にとって、消え物の見返りが一番ありがたい。エリート警視の懐《ふところ》が少々痛んだところで、どうせ大したことではないだろう。なにより、彼の大切な弟の誘いを断る手はない。

それから二人でしこたま飲んで、足元が覚束《おぼつか》なくなった私を亮次郎くんは家まで送ってくれた。同じくらい飲んだはずなのに、私だけが先に酔いが回ったのは、日頃の激務と年齢差だろう。

送らせただけでは申し訳ないので、コーヒーでもと社交辞令で誘ったところまでは覚えている。

「えっと……亮次郎、くん。どいてもらえません？」

――それなのに、どうして私は、彼に押し倒されているのだろう……？

私とて警察官として日頃の鍛錬《たんれん》は欠かさない。だけど、そんな私でも簡単に振り払えないくらい、亮次郎くんは力が強かった。

さすがは、管理官の弟。そういえば幼少の頃から訓練を受けていると聞いたことがある。

「どきませんよ。はいそうですか、なんてこの状況であり得ると思います？」

私を組み敷いた亮次郎くんは、管理官によく似た、だけど種類の違った雰囲気を漂わせながら妖艶《ようえん》に微笑んでいる。

「それに、この機を逃《のが》すほど僕が愚《おろ》かだと思ってますか？」

きらりと瞳を光らせながら、綺麗《きれい》な顔がゆっくりと下りてきて、形のいい柔らかな唇が私の唇にチュッと押し当てられた。

「な、なにするの……!? 同意のない性行為は、犯罪ですよ!?」

「知ってますよ。だから、同意を得ればいいんですよね？ 幸い今日と明日と、時間はたっぷりあります」

細長いけれど骨張った指が私の手に絡みついて、シーツに縫い止める。啄《ついば》むように唇を擦りつけられて、甘い痺《しび》れがじわりじわりと広がっていく。

『キスしてもいいですか？』『いいですよ』なんて明確なやり取りはしていない。だけど彼の唇が、言葉の代わりに私にお伺いをたてている。まるで閉じた扉をノックするみたいに、何度も、何度も――

堪《たま》らなくなって口を開いたら、待っていましたとばかりに舌が口腔《こうこう》内へ侵入した。

「……んっ、ふ……う」

縮こまっていた自分の舌が吸い寄せられる。荒々しさも蹂躙《じゅうりん》される動きもなく、ゆっくり丁寧に、少しずつ私の理性を溶かしていく。ともすれば、もどかしさのあまり自分から求めそうになってしまう。

だけど、決して逃《のが》してはくれない。獲物を捕らえた蛇《へび》が、じわじわと相手を追い詰めるかのように、絡みついて離れない。

静まりかえった室内には私の乱れた吐息だけが響き、離れた唇の隙間を銀色の糸が繋いでいる光景が、いっそう羞恥心《しゅうちしん》を煽《あお》る。

「ねえ、薫さん。僕は正義の味方と違って、見返りのない仕事は請け負わない主義なんです」

耳元で囁《ささや》かれて、ぞくりと背中に寒気のようなものが走った。なのに、情欲の浮かんだ瞳に魅入られて、身動きできない。

「無理強《じ》いはしないので安心してください。時間をかけるのは嫌いじゃないので。まずはその、他人行儀な言葉遣いをやめてもらうところから始めますね」

弟が兄に求めた見返りが「私」で、同時に私に「彼」が与えられたと知るのに、そう時間はかからなかった。

それと、従順な弟という彼への認識は間違っていた。

彼はもっと腹黒で、もしかするとその闇は兄以上――かもしれない。

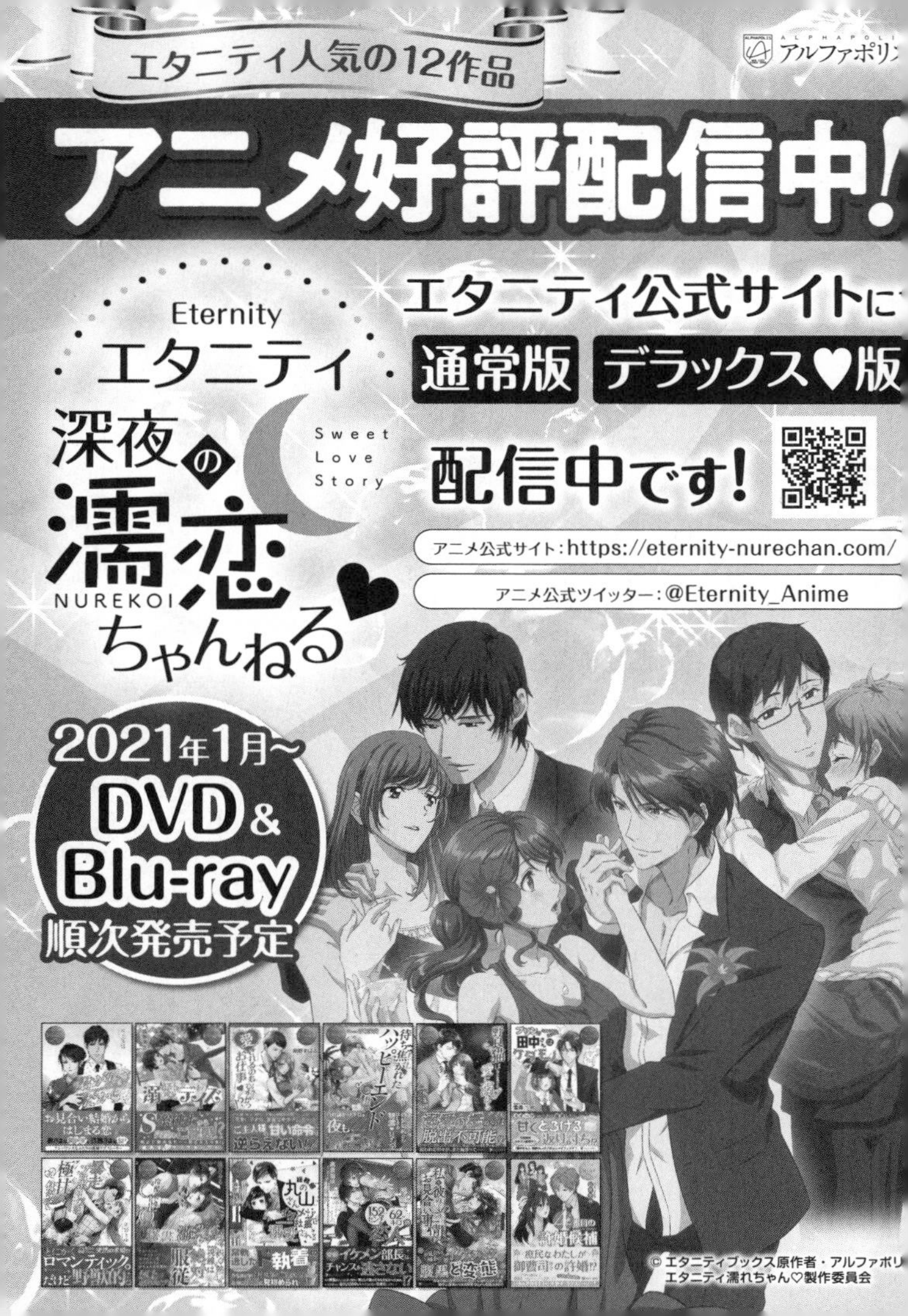

エタニティ人気の12作品
アニメ好評配信中!
Eternity
エタニティ
深夜の濡恋ちゃんねる
NUREKOI
Sweet Love Story
エタニティ公式サイトにて
通常版
デラックス♥版
配信中です!
アニメ公式サイト：https://eternity-nurechan.com/
アニメ公式ツイッター：@Eternity_Anime
2021年1月～
DVD & Blu-ray
順次発売予定
© エタニティブックス原作者・アルファポリス
エタニティ濡れちゃん♡製作委員会
アルファポリス

営業部のエリート課長・央人《ひろと》に片想い中の日菜《ひな》子《こ》。脈なしだとわかっていても訳あって諦められず、アタックしてはかわされる毎日を送っていた。そんな時、央人と二人きりで飲みにいくチャンスが！　さらにはひょんなことからそのまま一夜を共にしてしまう。するとそれ以来、今まで素っ気なかった央人が、時には甘く、時にはイジワルに迫ってくるようになって——!?

B6判　定価：本体640円＋税　ISBN 978-4-434-26886-1

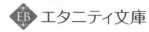

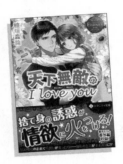

本郷真純《ほんごうますみ》は建設会社でバリバリ働くお局《つぼね》OL。仕事は順調ながら、恋愛経験はゼロで、清い身のまま三十路《みそじ》を迎えようとしていた。そんな時、営業部のエースで社内一のモテ男・如月達貴《きさらぎたつき》と、社運を賭けたコンペに携わることに。しかし、その準備を進めている時に、ひょんなことから彼とベッドを共にしてしまい——!?

B6判　定価：640円+税　ISBN 978-4-434-24186-4

恋愛小説「エタニティブックス」の人気作を漫画化！

原作　月城うさぎ　Usagi Tsukishiro

漫画　渋谷百音子　Moneko Shibuya

10年越しの恋煩い

10nengoshi no Koiwazurai

高校時代、優花《ゆうか》は留学先のニューヨークで、彼女に好意を寄せる実直な青年・大輝《ひろき》に恋心を抱くが、とある事情で一方的な別れを告げる。十年後、仕事で再びニューヨークを訪れた優花の前に現れたのは、契約先の副社長となった大輝だった。あどけないかつての面影は消え、どこか冷たい雰囲気をまとう彼が企画実現の条件として提示してきたのは“俺のものになれ”という強引な取引で——？

B6判　定価：本体640円＋税　ISBN 978-4-434-28225-6

桜子《さくらこ》は物心がつく前、曾祖父の一言によって、同じ歳のはとこで大企業の御曹司・忍《しのぶ》と将来の結婚を決められてしまう。その時から、彼女を溺愛するようになった彼は二十四歳になった今も変わらず桜子を特別扱い！　そんな彼のふるまいを桜子は「忍の甘い態度は、ひいおじい様に言われたからだ…」と思い、彼への密かな恋心に蓋をする。でも…悩んだ桜子が、彼のために身を引こうとした時、優しかった忍が豹変！情熱的に迫ってきて……!?

B6判　定価：本体640円＋税　ISBN 978-4-434-28227-0

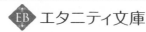

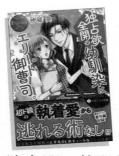

本書は、2019年4月当社より単行本として刊行されたものに、書き下ろしを加えて文庫化したものです。


この作品に対する皆様のご意見・ご感想をお待ちしております。

おハガキ・お手紙は以下の宛先にお送りください。

【宛先】

〒150-6008 東京都渋谷区恵比寿4-20-3 恵比寿ｶﾞｰﾃﾞﾝﾌﾟﾚｲｽﾀﾜｰ8F
（株）アルファポリス　書籍感想係

メールフォームでのご意見・ご感想は右のＱＲコードから、
あるいは以下のワードで検索をかけてください。

アルファポリス　書籍の感想　検索

ご感想はこちらから

エタニティ文庫

過保護《かほご》な警視《けいし》の溺愛《できあい》ターゲット

桧垣森輪《ひがきもりわ》

2021年1月15日初版発行

文庫編集ー熊澤菜々子・塙綾子
発行者ー梶本雄介
発行所ー株式会社アルファポリス
〒150-6008 東京都渋谷区恵比寿4-20-3 恵比寿ｶﾞｰﾃﾞﾝﾌﾟﾚｲｽﾀﾜｰ8F
TEL 03-6277-1601（営業）03-6277-1602（編集）
URL https://www.alphapolis.co.jp/
発売元ー株式会社星雲社（共同出版社・流通責任出版社）
〒112-0005 東京都文京区水道1-3-30
TEL 03-3868-3275
装丁イラストー夜咲こん
装丁デザインーansyyqdesign
印刷ー中央精版印刷株式会社

価格はカバーに表示されてあります。

落丁乱丁の場合はアルファポリスまでご連絡ください。

送料は小社負担でお取り替えします。


ISBN978-4-434-28371-0 C0193